Herman
Charles
Bosman

先知及
其他故事

Mafeking Road

〔南非〕赫尔曼·查尔斯·博斯曼 著

赵巍 译

人民文学出版社
PEOPLE'S LITERATURE PUBLISHING HOUSE

Herman Charles Bosman
Mafeking Road

图书在版编目(CIP)数据

先知及其他故事/(南非)赫尔曼·查尔斯·博斯曼
著;赵巍译.—北京:人民文学出版社,2023
(记忆的角落)
ISBN 978-7-02-018091-2

Ⅰ.①先… Ⅱ.①赫… ②赵… Ⅲ.①短篇小说-小
说集-南非-现代 Ⅳ.①I478.45

中国国家版本馆 CIP 数据核字(2023)第 126415 号

责任编辑　**朱卫净　骆玉龙**
装帧设计　**李苗苗**

出版发行　**人民文学出版社**
社　　址　**北京市朝内大街 166 号**
邮政编码　**100705**

印　　制　**山东临沂新华印刷物流集团有限责任公司**
经　　销　**全国新华书店等**

字　　数　**99 千字**
开　　本　**787 毫米×1092 毫米　1/32**
印　　张　**7**
版　　次　**2023 年 9 月北京第 1 版**
印　　次　**2023 年 9 月第 1 次印刷**

书　　号　**978-7-02-018091-2**
定　　价　**45.00 元**

如有印装质量问题,请与本社图书销售中心调换。电话:010-65233595

记忆的角落，也会有光

目录

草原上的星光

　　那是个寒冷的夜晚（夏尔克·洛伦斯大叔讲道），星光透着寒意。如果你忘了这是冬天，不觉起了个大早，在湿漉漉的草叶上就会看到那种清冷的光。风声听起来像是一位姑娘在向星星哭诉自己背情负义的经历。

　　贾恩·奥克斯和我赶着驴车去了趟代德普特，晚上往回赶。贾恩·奥克斯说，绕过小山脚下有条路，从那里回德罗格屋雷要近些。因为听信了他的话，我们当晚只能坐在草原上，围着篝火，等待天明了。到时候就能找着个黑人，打听一条近道，再重回小山脚下。

　　我知道，这条路没错。贾恩·奥克斯又抱了满满一抱木柴扔进火里，一面还嘴硬。

　　"肯定不是那座小山，"我回答说，"要么就肯定不是那辆驴车。难不成你要我相信我这会儿正坐在自家客厅里吗？"

　　火光印在车轮的辐条上闪着寒光，一想到贾

恩·奥克斯跟我一样冷，我不由幸灾乐祸。

"这一夜过得真好笑，"贾恩·奥克斯说，"我好饿，心里好难过啊。"

我听了也觉得幸灾乐祸。我本来还担心，生怕他好过。

"你知道星星有多远吗?"贾恩接着问我。

"从这里看不出来，"我回答，"不过我拿铅笔算过一回，那是在高地草原上算的。我们现在是在低地草原，离星星就更远了。你看，它们看上去是小了点儿。"

"对，我也觉得是这么回事，"贾恩·奥克斯回答，"不过有次在济勒斯特的酒吧里，有个学校老师说的跟这不一样。他说天文学家只要算出需要多少年能用望远镜找到这颗星星，就能算出这星星有多远。这老师用手指头蘸着白兰地，在酒吧柜台上画了一大堆图啊啥的，好让我知道是怎么个算法。可他剩下的图还没画完，先画完的图就已经干得没了。他说那是最次的白兰地，不好使。不过，还没等他讲完，女招待就过来，用抹布一抹，把他的画抹了个干净。那个老师还不罢休，让我跟他走，说他可以用另一间教室的黑板讲给我听。但女招待不让我们把杯子拿到私人间里。就在那当儿，那老师醉倒了。"

"他算是那种新派的学校老师吧，"我说，"新派的老师都跟学生讲，地球是绕着太阳转的。学校没把他开掉，我都觉着奇怪。"[1]

"开掉了，"贾恩·奥克斯回答，"学校是把他开掉了。"

听了这话我也觉得幸灾乐祸。

我们卸驴车的地方附近好像有个水坑，两三匹豺狼开始哀嚎。贾恩·奥克斯跳起身，往火上添了一堆柴。

"我可不喜欢这些野兽的叫声。"他说。

"不过是几匹豺，贾恩。"我说。

"这我知道，"他回答，"我是想起我们的驴。我可不想吓着它们。"

突然，黑沉沉的灌丛里传来一声低沉的吼叫，声音并不特别凄厉。贾恩·奥克斯手疾眼快地添好

---

[1] 布尔农民大多数是基督教新教徒，很多人一辈子只读《圣经》，对科学极其无知。

了柴火。

"要是生两堆火，我们躺在中间，可能要好一点，"贾恩·奥克斯说，"驴只要看到你我没事，就不那么害怕了。你也知道驴的心思。"

高大的树木被蚂蚁咬噬得仅剩下残骸，在微弱的火光下隐约可见，我们很快就生起了两堆火。灌木丛中传来第二声低沉的咆哮声时，我已经架起更大的一堆火，比贾恩·奥克斯那堆火还要旺，为了我们的驴。

后来就无声无息了，只能听见风沙沙地刮过荆棘，还有南非灌木草原上才能听到的窸窸窣窣的声音。

贾恩·奥克斯头枕着手仰天躺着，又望着星星发起了呆。

"我听说，这些星星都是不同的世界，跟我们的世界一个样，"他说，"上面也有人住。"

"不过依我看，星星上应该种不成玉米吧，"我说，"星星看着那么远，就跟开普敦斯尼乌雪山边上一样远。那里应该是个养马放牛的好地方。当然，低洼的地方也有麻烦，就像马里科和瓦特贝格一样，有马瘟，还有舌蝇。"

"还有蛾子，带金翅膀的。"贾恩·奥克斯迷迷糊糊地说。

不一会儿我也睡着了，等醒来时，两堆火几乎都灭了。我起身找了点柴，费了好长时间才踢醒了贾恩·奥克斯。我穿的草靴不好，鞋尖太软了。最后他终于坐起身开始揉眼睛。果然，他跟我说他一夜没睡，还说他肯定他没睡，因为他一直忙着在星星中间撵绿头蝇呢。

"我本来能抓住绿头蝇的，"他说，"可就在我要从一颗星星往另一颗星星上跳的时候，怪事来了，就像有人在踢我似的。"

说到这里贾恩·奥克斯满腹狐疑地望着我。

我告诉他，看得出来，他一直在做梦。

等火上堆满了柴，贾恩·奥克斯又旧话重提，说这一夜过得可笑，又开始说起星星了。

"你觉得水手在海上该怎么办？夏尔克，"他说，"要是他们不知道路，附近又没有船可以打听的话？"

"他们要问的都记在花花绿绿的纸上了，"我回答，"纸上的黑线会告诉他们从开普敦到圣赫勒拿怎么走。纸上的数字会告诉他们船沉没以前还能开多久。布尔战争的时候我去过圣赫勒拿。住在船上就跟住在牛车里一个样。只不过，船上当然没那么舒服，在停靠之前走的路也更远。"

"我听说，有的地方，水手靠星星认路，"贾恩·奥克斯说，"我搞不懂，别人为啥要跟我说这些。"

他一声不吭地躺了一会儿，仰望着星星，陷入了沉思。

"我记得有天晚上我站在安妮·斯坦妮家的门阶上，"贾恩·奥克斯顿了顿，接着说，"我想把牛群赶到林波波河，去躲旱灾。我跟安妮说，到雨季来的时候我才能回来，我不在的晚上她得盯着一颗星星看，想着我。我告诉她是哪颗星星。你看紧紧排成一行的那三颗星星。我要她看着中间那颗星星，想着我。可她说，一周前威廉·莫斯泰特就把牛群赶到林波波河去了，他已经把那中间的星星挑走了，也要她看着那颗星星想着他呢。我只好说，那好吧，我就挑最上面那颗星星算了。可安妮还是说，那颗星星已经是斯托费尔·布林克的了。没法子，最后我同意让她每天晚上看着最下面的星星想着我。她父亲好像一直躲在门背后偷听我们说悄悄话。我刚说完那句话，他上了门阶，自作聪明地问我们：'那碰上阴天怎么办？'"

"然后呢？"我问他。

"安妮一听就火啦，"他说，"她怨她父亲只会坏事，还说他这话说得太没意思了，因为这是他第三次跟一个小伙子讲这样的话了。她说，不管人家小伙子有多傻，他父亲也没权利在人家面前开那样的玩笑。安妮这么护着我，我听了很开心。后来发生的说来话就长了。我在林波波河碰到了威廉·莫斯泰特和斯托费尔·布林克，在一起待了几个月。我们三个年轻人夜夜围着火堆看星星，要是不认识的人看了，肯定觉着奇怪。我们一起待了一段时间，处得很好，雨季来的时候我们就回了马里科。那时候我才知道，安妮的父亲说对了。我是说，他关于阴天夜晚的那番话说对了。我那时才知道，正是在那个阴天的夜里，安妮跟着一个佃农跑了，跑到约翰内斯堡了，那佃农打算到矿上找活儿干。"

贾恩·奥克斯叹了口气，再一次陷入了深思。

　　我们聊会儿天，再打个盹儿，一夜就这么不知不觉地过去了。我们现在只生着一堆火，贾恩·奥克斯和我轮流往火里添柴。天快亮的时候冷得厉害，我们俩冻得浑身哆嗦。

　　"不管咋说，"贾恩·奥克斯顿了顿，又说，"现在你知道，我为什么对星星那么感兴趣了。我遇上这事的时候还年轻，这事我跟谁都不提，大概也就跟十七个人说过，别的人听都不愿意听。不过每到了晴朗的夜里，一看到那一行三颗亮晶晶的星星，我总要盯着最下面的星星看啊看的。那颗星星一闪，总感觉特别的亲。那好像是我一个人的星星，它发出的光跟别的星星也不一样。你知道，夏尔克，安妮·斯坦妮嘴唇红红的，头发长长的，夏尔克，她笑起来那个美啊。"

　　不久，星光黯淡了下去，我们把驴子赶拢到一起，准备上路了。我在想，如果安妮·斯坦妮知道还有这么个人，夜夜仰望着晴空的星星，梦想着她的嘴唇、她的长发和笑容，不知道她会做何感想。一想到这里，我也就知道答案了。安妮·斯坦妮当然是不会想起贾恩·奥克斯这个人的，绝对不会。

毫无疑问，安妮·斯坦妮是对的。

我们那晚居然谈了一整夜的星星，这事儿想想真是奇怪。直到那天晚上我才知道，这是因为很久以前的一段旧情。

我们爬上驴车，开始找回家的路。

"我知道，济勒斯特酒吧里那个学校老师说的一点儿不对，"末了，贾恩·奥克斯又想说星星有多远了，"那三颗星星里最下面的一颗，唉，它已经暗下去了，它离我很近。是的，它离我很近。"

威廉·布林斯洛家的桃子酒

　　不（夏尔克·洛伦斯大叔讲道），大马里科镇上没什么花，这地方玉米长得不坏，我在大坝开过一块地，种出的洋葱很不错。要说真正叫得上花的，在这里算是稀罕物。兴许是因为这里太热，要么就是太旱。

　　一说起花儿，我就会想起威廉·布林斯洛家在阿布捷安特山牧场上办的舞会，想起菲力兹·普里托里厄斯灰头土脸地坐在路边，还有我插在帽子上抢眼的白玫瑰花。当然，我最想的还是葛莉塔。

　　过了我家牧场，到山丘上往西北方向望去，就能看见达沃斯伯格山脉后面的阿布捷安特山。有人说阿布捷安特山上有鬼，以前是巫婆出没的地方。这话我信。我上过一回阿布捷安特山，那是好多年以前的事了。自打那以后我就再没去过，不是因为怕鬼，也不是因为怕巫婆。

　　葛莉塔·布林斯洛在济勒斯特的女子礼仪学校念完了书，就要回来了。她学的是英国礼仪和速记，还有好些个高档次课程。她父亲威廉·布林斯洛为庆祝她毕业回家，专门在阿布捷安特山的牧场办了场盛大舞会。

我收到了邀请，菲力兹·普里托里厄斯收到了邀请，从代德普特到拉莫茨瓦的所有年轻的白人小伙子都收到了舞会邀请。而且，实际上所有人都去了。一想到要见葛莉塔，我们都觉得紧张。她在女子礼仪学校学了那么些高深的学问，我们没法像跟一个普通乡下姑娘一样跟她东拉西扯。但我们还是去了阿布捷安特山，因为我们都知道，威廉·布林斯洛家酿的桃子酒是当地首屈一指的。

菲力兹·普里托里厄斯跟我聊天时，说起葛莉塔的学识造成的障碍。

"唉，是这样，"他说，"一跟她说话我就心虚，我跟你说真的。我把以前学过的东西临时捡了一点。昨天我把旧写字板拿出来了，那是十七年前我离开学校以前用的。我练了几笔运算，先做了加法和减法，后来又做乘法。可我忘了怎么乘了。"

我告诉他，我倒是很想帮他，可我连乘法都没学过。

舞会的日子到了。邮车一大早载着葛莉塔，经过德罗格达尔，直奔他父亲家。下午我开始收拾打扮。我穿了件黑夹克，棕色裤子，粉色衬衣，还穿了双棕色靴子。这鞋子是一年前买的，一直没机会穿。因为平时人人都穿着自家做的草靴，我一个人穿双店里买的鞋子在牧场上招摇，显得傻里傻气。

　　我洒脱地斜戴着帽子、骑着马上了官道，满心以为自己一定是舞会上最光鲜的小伙子。

　　太阳快落山的时候，我才赶到阿布捷安特山山脚下。威廉·布林斯洛家还在山后的深谷里，要绕过山脚才能到。我骑在马上，很奇怪为什么有人那么笨，非要住在一个闹鬼闹得出了名的地方。地方越高，越显得树木高大茂密，而且黑沉沉的。

　　周围一片阴森森、黑魆魆的阴影，看得我心神不宁。我想起以前听说的不少故事，讲到阿布捷安特山的巫婆如何摆布黑暗中迷路的人。这么高的树丛中容易迷路，我于是策马急行，想尽快离开这鬼地方。马对花妖狐怪太敏感，我也有责任保护我的马免受不必要的惊吓。尤其是冷风刮过山谷时，那声音听起来像是鬼在叫我的名字。我快马加鞭走了一程后，四处张望了一回，才反应过来是怎么回事，原来菲力兹·普里托里厄斯一直紧紧追在我后头。

"你着什么急？"菲力兹看到我慢了下来，从后面撵上来说。

"我想在天黑以前走出这片林子，"我回答，"我可不想吓着我的马。"

"你骑马的时候一直搂着马脖子，原来是为了这个。"菲力兹语带讥讽地说。

我没搭茬，不过注意到菲力兹打扮得也很时髦。不错，我的衬衣和鞋子不比他差，可他穿了件崭新的灰色西服，裤脚塞在长袜里。他还带了块手帕，时不时从口袋里掏出来显摆一番。

我当然不会嫉妒菲力兹·普里托里厄斯这等人。我只是讨厌他：参加个舞会都要煞费苦心，带上块稀奇古怪的手帕，搞得自己像个笑话。

我们到了威廉·布林斯洛家时，门口草地上停满了牛车，那排场看起来像个篷车营地。布林斯洛在门口迎接我们。

"进来吧，伙计们，"他说，"跳舞在大厅，桃子酒在厨房。"

大厅很宽敞，但人满为患，根本跳不开，不过还是比厨房人少多了，舞曲也不像厨房那么吵。没有专门的乐队，只有几个人弹着吉他和手风琴，自弹自唱。

看得出来，舞会办得很成功。

在厨房待了半个钟头，我决定到大厅里瞧瞧。从厨房到大厅的路似乎很长，我不得不好几次靠着墙定了定神。好几个小伙子跟我一样靠着墙，似乎也想定下神来。有个年轻人干脆坐在地板上，头埋进胳膊里，似乎这样才能全神贯注。

看得出来，威廉·布林斯洛家的确酿得上好的桃子酒。

我看见菲力兹·普里托里厄斯了，一见他我突然回过神来。他一边随音乐的节奏轻快地挥着洁白的手帕，一边跟一个姑娘聊天。那姑娘冲他一笑，眼睛就忽闪忽闪的，露出红红的嘴唇和又细又白的牙齿。

我立马意识到这姑娘就是葛莉塔。

她高挑修长，眉清目秀，长长的黑发辫上戴着白玫瑰花编就的花环，那玫瑰分明是她一大早从济勒斯特采来的。葛莉塔并不是那种矫情的姑娘，在他面前不用刻意显得自己多么聪明有教养。早晨出门前，我还从写作课本内封页里撕下十二乘十二乘法表，煞费苦心地塞进我夹克口袋里备用，现在看来真是大可不必。

大伙儿不难想象，有菲力兹这小子在跟前碍手碍脚，我不大容易跟葛莉塔搭讪。不过我最后还是得手了。我跟葛莉塔热聊的当儿，透过眼角余光，看见菲力兹走了，不由得幸灾乐祸。他径直往厨房去了，手帕还在身后晃来晃去。厨房里欢歌笑语的，还有布林斯洛家酿的桃子酒喝。

我告诉葛莉塔我就是夏尔克·洛伦斯。

"对，我听人说起过你，"她回答，"是菲力兹·普里托里厄斯告诉我的。"

我知道她那话是什么意思，于是告诉她，菲力兹乃是马里科镇臭名昭著的骗子，还编排了一大堆菲力兹的坏话。十分钟后，我还在喋喋不休地诋毁菲力兹，葛莉塔笑了，说这些话我可以留着以后慢慢跟她说。

"可有件事我得马上跟你说，"我固执地说，
"自打菲力兹知道今晚要在这里见你，他就一直在
恶补功课。"

我告诉她菲力兹怎么拿写字板做运算题，葛莉
塔听了微微一笑。笑得那个美啊，搞得我神魂颠
倒。她的眼睛在烛光下熠熠闪光，在白玫瑰的反衬
下她的发辫越显得乌黑。这时周围的人都围着我们
旋转，大厅里乐队奏起了轻快动人的舞曲，厨房里
传来千奇百怪的笑闹声。

接下来发生的事令人猝不及防。

我不记得这一切是如何发生的。我只知道，当
我们来到外面的大树下，头上星光闪耀的时候，我
鬼使神差地相信：葛莉塔根本就不是个姑娘，而是
阿布捷安特山的巫婆，能施展奇特的魔法。

但只听我口述，没人能理解我心中那种疯狂而
刺激的感受。

我正跟葛莉塔东拉西扯，说去年的旱灾，说白
蚁怎么咬穿了门和窗框，说为防治白蚁费了多少
事，还说起走得快了我这双新买的棕色鞋子就会磨
掉脚指头的皮，如此等等。

说着说着我慢慢挨近了她。

"葛莉塔，"我抓住她的手，"葛莉塔，我有句话要跟你说。"

她抽开了手，动作很轻柔，几乎有点忧郁。

"我知道你要说什么。"她回答。

听了这话我不由一怔。

"你怎么知道，葛莉塔？"我问。

"哦，我知道的事情多啦，"她又笑出了声，"我在女子礼仪学校可不是白学的。"

"我不是那个意思，"我赶紧解释，"我不是说拼写和算术。我要说的是另一码事。"

"请不要说了，夏尔克，"葛莉塔打断了我，"我——我不知道我配不配听这话。我都不知道——"

"可你太美了，"我热切地赞美道，"我要让你知道，你有多美。"

我刚上前一步，她敏捷地往后一退，躲开了我。我不明白，她怎么躲得那么不迟不早，恰到好处。因为我使尽浑身解数，但怎么都抓不住她。她在树丛里轻巧优雅地飞跑，我在后面不遗余力地追赶。

我没追到她，不仅仅是因为我书念得少。也因为我那双新鞋子，因为威廉·布林斯洛家的桃子酒，还有骡车的车杆——藏在草丛里的车杆底端。

好在草长得又高又密，我摔得不重。即使在我摔倒的那一刻，我还是感到无比幸福，世上的一切都被我抛在脑后。

葛莉塔停下了脚步，转过身来。有那么一刻，她的身体在黑暗中越发显得窈窕朦胧，而且正袅袅娜娜地向我缓步走来。随即她飞快地扬起手，拽下那个玫瑰花环，接着在我伸手可及的地方就落下了一朵小小的白玫瑰。

我捡起那朵玫瑰，用颤抖的双手把它插在帽子上时，内心洋溢着巨大的喜悦，使我终生难忘。走进厨房时我引发的那场轰动，同样使我刻骨铭心。

大家都顾不上喝酒，抬起头看着我插在帽子上的玫瑰。年轻人打趣我，上年纪的人则讳莫如深地冲我眨眨眼，拍拍我的背。

菲力兹·普里托里厄斯当时不在厨房，没看到我情场得意的那番风光，不过我知道他总有办法打听到。那时候他就会明白，像他那样的痞子跟堂堂的夏尔克·洛伦斯争锋实在是不知天高地厚。

我成了当晚的英雄。

大伙儿抬我坐在厨房桌子上，在我身边堆满了桃子酒，纷纷祝我健康。随后十来个人把我抬到外头的牛车上，让我呼吸点新鲜空气，这中间大伙儿还一起摔倒过一次。

天发亮的时候我还醉倒在牛车上。

刚清醒过来我只觉着难受，直到我回忆起葛莉塔送我的玫瑰花。那朵白玫瑰还插在我帽子上，还在向世人宣示——葛莉塔·布林斯洛在一大堆男人里独具慧眼地看上了我。

但我不想让人知道，客人都散去了好几个钟头了，我还睡在牛车上。我骑上马悄没声地走了，很高兴没惊动别人。

一路上我头昏脑胀，但内心却喜不自胜。此时已是大白天，轻柔的和风正拂过那片青草。昨晚灿烂的星光之下，葛莉塔把玫瑰掷给我的时候，和风也是这样轻柔。

我骑着马慢慢穿过阿布捷安特山坡，到了小路往南拐的岔口时，我看到了一幕，使我不由质疑：这些时髦的女子礼仪学校对姑娘们的教育是否过犹不及？

我先是看见了菲力兹·普里托里厄斯拴在路边的马。

接着我看见了菲力兹·普雷托里厄斯，他正靠着荆棘树坐着，下巴抵着膝盖。他看上去面色土灰，病容憔悴。不过我之所以质疑女子学校的教育，是因为我还看到，在离他老远的地方，菲力兹的帽子掉在地上了。而就在那顶帽子上，也插着一朵小小的白玫瑰。

橡树荫下

豹子？——夏尔克·洛伦斯大叔讲道——对，林波波河岸这头有两种豹子，这两种豹子最大的不同就是，一种豹子身上的斑点比另一种豹子多。不过在草原上突然遇上豹子，谁也不会费心去数豹子身上的花斑是多是少，去研究它是哪种豹子。没那个必要。因为这个时候只有一件事可做，那就是逃，而且只能有一种逃法，那就是尽快地逃。

我记得我就遇到过一头豹子，很突然。直到今天我都不知道这头豹子身上有多少花斑，虽然当时我有足够的时间慢慢研究它。那是个中午，我在小山后头的牧场边上找走丢的牛。那里的橡树底下很荫凉，草也软和，坐上去很舒服，所以我以为牛会在那里。我背靠树干，坐在草地上找牛。找了一个钟头后，我突然就想：躺着不也一样找吗，说不定还能更快找到牛。连小孩都知道，牛块头大，不用坐起来也能看得很清楚。

于是我仰天一躺，跷着腿，帽子斜扣在脸上。

眼睛轻轻闭上的那一刻，我能看见自己的靴子尖儿直指向天空，跟阿布捷安特峰一个样。

一只秃鹰在上空孤独地盘旋，飞了一圈又一圈，翅膀纹丝不动。我自以为在我脚尖和秃鹰之间的这片天空，连只牛犊子也休想逃过我的眼睛。我可以躺在橡树荫下找牛，有必要的话可以找上一整天。大家知道，只要牧场上有活要干，我就不会在周围闲逛，我可不是那种人。

我起劲地盯着靴子尖看，越看越觉着它像阿布捷安特峰。看着看着，我的靴子尖儿似乎真的就成了阿布捷安特峰，我甚至能看到峰顶的石头，石头缝里草在拼命地长。这时耳边隐隐传来一阵嗡嗡声，像是蜜蜂在静谧的果园里叫。总之，我说过，一切都很舒服。

接着怪事来了。阿布捷安特峰顶飘来一大片云彩，跟牲口的头颅一个形状，上面还带着斑点。真是奇了，我想笑但没笑出来。我微微睁了睁眼睛，以为自己在做梦，心里美滋滋的。不然我就该反应过来，阿布捷安特峰顶带斑点的云彩其实是一头豹子，而且正盯着我的靴子瞧呢。正因为误以为自己在做梦，当时我又忍不住想笑，但随即就明白过来了。

我再也乐不起来了。那是头豹子，一点没错。它体形庞大，饥肠辘辘，正警觉地在我脚下嗅来嗅去。我顿时浑身上下都不自在起来，我知道没法让它也把我的脚尖当作阿布捷安特峰顶。不用数它身上的花斑，我就知道它还没蠢到那个地步。它不仅没把我的脚尖当作阿布捷安特峰，它嗅完了我的脚尖，又开始顺着我的腿向上嗅去。那可是我一辈子最恐怖的惊魂一刻，我想爬起身逃命，但起不来，我已经双腿瘫软。

捕猎大型野兽的猎手不止一次跟我讲过，只要足够机智，躺下装死，狮子啊啥的没了兴头就会走开，只要能捱到那个时候，人就能从野兽口中奇迹逃生。现如今我躺在草地上，身边有头豹子正打我的主意，我才明白这时候猎人为啥都一动不动。很简单，他动不了，就这么回事。不是他急中生智，而是因为他腿脚瘫软。

豹子很快就闻到我的膝盖部位，此时正细细地闻我的裤子，闻得我心里发毛。我那裤子不光样子过时，还破破烂烂的，而且偏偏破在膝盖那里。那一回我看见收税的穿过沙丘冲我来了，就赶紧跳过带刺的铁丝网栅栏，钻进密密的树丛里。当时光顾着跑路，就把裤子膝盖那里刮破了。此刻豹子盯着这块破洞，看了好一阵子，越看我心里越发毛。我真想跟它解释清楚，这收税的和带刺的铁丝网是怎么回事。我可不想让豹子以为，夏尔克·洛伦斯大叔一贯是个不修边幅的人。

豹子闻到我的衬衣时，我却松快了不少。我的衬衣可是上好的蓝色法兰绒质地，从拉莫茨瓦的印度店铺里新买的，才买了几个星期，多少个豹子来看我都不怕。不过我还是打定主意，下回躺在橡树荫下找牲口的时候，一定先用羊脂把我那草靴擦得亮亮的，再戴上去参加圣餐礼才戴的那顶黑帽子。我可不想让附近的畜生把我看扁了。

豹子闻到我的脸时，我还是给吓着了。我知道它不反感我的衬衣，但我对自己的脸却没有信心。那可是千钧一发的生死瞬间啊。我纹丝不动地躺着，不敢睁眼，不敢呼吸，任由这庞然大物热乎乎的喘息喷在我脸上——"呼哧呼哧呼哧"……谁都听过不少虎口脱险的惊悚故事，我自己也几经危难关头。不过当豹子居高临下，用下颌抵着你的咽喉、伺机下口的时候，我才知道，只有这个时候的豹子最能折人阳寿，能叫人瞬间白头。

豹子低吼一声，从我身上跨了过去，碰掉了我脸上的帽子，随后又低低吼了一声。我睁开眼睛，眼睁睁看着这家伙笨手笨脚地挪开了。我刚松了口气，它却在近处停下来，转了个身，挨着我躺下了。

千真万确，它就躺在橡树荫下的草地上，半蜷着身子侧躺在我身边，两只前爪搭在一起，跟狗一个姿势。我稍有动静，它马上低低哼唤起来。为了找走丢的牲口，弄得费力不讨好，跟豹子凑成这莫名其妙的搭档，估计这在大马里科镇也算是史无前例吧。

范妮·西蒙家的客厅就是村镇上的邮局，第二天附近的农民在那里边喝咖啡，边等从济勒斯特来的邮车，我在那里给他们讲了我的冒险经历。

"那你最后是怎么逃走的？"库斯·凡·汤德跟我开玩笑，"我猜你是装成蟒蛇在草里爬，把豹子吓跑的?"

"没有。我站起来,直接走回家了,"我分辩说,"我想起来,走丢的牲口有可能从另一条路进了你家的养牛场。我觉得它们跟豹子在一起更安全些。"

"那豹子就没跟你说起过,它对皮纳尔将军[1]在立法会的演讲有啥看法?"弗朗斯·威尔曼故意逗我,听的人哄然大笑。

邮车没到以前,我把我的冒险经历讲了好几遍。听我讲的人里有几个脾气古怪,并没说什么,但看得出来,他们听我讲故事就跟听克瑞斯简·莱蒙讲故事一个神气,而克瑞斯简·莱蒙是灌木草原上最大的骗子。

更糟糕的是,克瑞斯简·莱蒙当时也在场。讲到豹子在我身边躺下的那一段时,他冲我挤挤眼,那种神气想必大家都明白。他是暗示我和他之间有了新的默契,以后我俩在马里科镇可以相互骗了。

这个我可不买账。

---

1 丹·皮纳尔,南非政治人物,两次世界大战期间任南非军事将领。

"伙计们，"我最后说，"我知道你们心里怎么想的，你们不信我的话，但不愿意直说。"

"我们真的信你，"克瑞斯简·莱蒙打断了我，"草原上的奇事多了。我养过一条二十英尺长的曼巴蛇，叫汉斯。这条蛇特别依恋我，我走哪儿它跟到哪儿，星期天我去教堂都要跟着。它听不懂布道词，就在教堂外头的树底下等我。汉斯不是不虔诚，它是自尊心太强。荷兰牧师每次讲到伊甸园里的蛇，话说得太重，汉斯觉着难受。它可比不上你说的豹子，能找个橡树荫底下待着。它没那么讲究，一般的荆棘树荫底下它就知足了。它也知道自己不过是条曼巴蛇，不敢太张狂。"

我没理会克瑞斯简·莱蒙愚不可及的弥天大谎，不过听了这段故事后我开始疑惑：那豹子究竟是不是真的？我想起以前听说过的那些荒诞事，啥稀奇古怪的都有，说什么人摇身一变成了牲口。我不迷信那个，但总觉着这事来得太离奇、太诡异。可就在几天以后，附近就接连几次发现了一头大豹子，先是在老城门附近的路边，后来莫特萨斯在去往纳特瓦丁的路上看见了，还有一次出现在莫莱波河附近的草地上，而且事情很快直转急下。

刚发现豹子的踪迹时，人们还在开玩笑，说那不是豹子，而是夏尔克·洛伦斯梦见的带花斑的牲口，活生生地从他梦里走出来了，还说那头豹子是想到达沃斯伯格看看克瑞斯简·莱蒙养的二十英尺长的曼巴蛇。后来人们在好几个水坑那里都发现了野兽的足迹，才知道豹子是千真万确的。

在草原上来回太危险啦，人们都这么说。接下来更是人心惶惶。有很多人要猎杀豹子，又有很多人从豹子口中逃生。人们在悬崖上射了大量马提尼子弹，毛瑟枪开了无数次火，大概能比得上第一次布尔战争的规模，而猎杀不成、仓皇溃逃的场面堪比第二次布尔战争。

不过那头豹子每次都是有惊无险，安然无恙。我总觉着有点对不住它。那天在橡树荫下它第一次闻过我，在我身边躺过，一举一动都诡谲怪异，使我百思不得其解。我想起《圣经》里说过的：狮子必与绵羊羔同卧。

我也搞不明白我那天是不是真做了个梦。因为事情发生得那么离奇虚幻，搞得我成天都在琢磨这头豹子。这事跟谁说都没用，没人帮我解开这个谜团。就像眼下，虽然我正在跟诸位绘声绘形讲我的经历，我也不难想象我的读者会跟克瑞斯简·莱蒙一样，冲我挤眼睛。

尽管如此，我也只能据我所见照实讲来，剩下的就只有非洲这片大地知道了。

过了段时间，我又一次穿过树丛中的那条路来到那棵橡树前。不过这一回我可没躺在草地上。到了橡树下我才发现，那头豹子已经先到一步。它还是在老地方半躺半卧，两只前爪搭在一起，跟狗一个姿势。不过这一回它躺得纹丝不动。即使隔得老远，我也能看得到：毛瑟枪的子弹穿透了它的胸膛，留下了一大片殷红殷红的血迹。

迁徙中的牛车队

每当看见白花花的雨水冲刷着荆棘树，就像眼下（夏尔克·洛伦斯大叔讲道），我就会想起上次下雨的情形。牛车里有个姑娘做了个梦，结果她的梦应验了，她的心上人来了。他骑着马穿过草原，飞奔到她身旁。这位心上人应了她梦想中热切的期盼，穿过朦朦烟雨来了，却没逗留多久。

他走了以后，这姑娘眼中缓缓流露一种眼神，足以让她的爱人困惑不已，因为那是一种近乎满足的神情。

那一场雨一直下到斯芬顿峡谷。有五辆往北进发的牛车正在泥泞中艰难缓慢地跋涉。我们刚去了趟济勒斯特参加教堂圣餐礼，那可是一年一度的盛事。

你知道圣餐礼是怎么回事。

上帝把圣餐礼安排得很分散，好叫人都有机会去教堂。也有机会进电影院，兴许还能混进酒吧。不过那就得从后门进，从紧挨着酒吧的布料店那条暗巷子进去。

济勒斯特地方小，圣餐礼的日子要是被人瞧见去了酒吧，是要遭人议论的。我到现在还记得，我从布料店那条暗巷子进去时，却发现荷兰牧师正在那擦嘴呢，当时我那一惊非同小可。牧师瞪着我，痛心疾首地连连摇头，使我感到自己罪孽深重。

所以我掉头就往电影院去了。

电影院里人满满当当。刚开始我没看懂放的是什么，后来坐在我旁边的小男孩懂英语，跟我解释演的是什么。

电影上演的是一个年轻人，专门靠载客过活。这小伙子后来落在警察手里，被带进一个小房子，捆在一个椅子模样的东西上。小伙子长得帅气，他爱人为了他死去活来。

我不知道他们把他捆在那上面干啥，我只知道，我在布尔战争中被俘后关在圣赫勒拿，他们从没把我捆在椅子上。他们让我擦木头椅子，一周擦一回。

我不知道那小伙子后来咋样了，因为乐队奏起英国乔治王赞美诗的时候，所有人都起立了，他还坐在椅子上。

※　※　※

几天以后，五辆牛车满载着从济勒斯特参加圣餐礼回来的人，往大马里科镇方向缓慢地行进。牛车里坐着妇女和孩子，一路上听着雨水敲打篷布的声音。车夫们走在牲口旁边，迎着大雨，时不时甩甩长鞭。

天空一片漆黑，不时一道闪电划破长空。

我在雨中赶了会儿车，感到有些孤单，就把鞭子递给领路的卡菲尔黑人，赶到阿德里安·布兰迪的牛车前头。阿德里安裤子卷到膝上，一面挥鞭子赶牲口，一面护着烟管，搞得手忙脚乱。我一声不吭地跟阿德里安肩并肩走了一段路。

"这个明妮啊，"阿德里安突然说起他十九岁的女儿，"济勒斯特有个地方她不该去的。可每次圣餐礼的时候她都偏偏在那儿，真叫人闹心。她真是昏了头啦！"

"哦，对，"我回答，"她是昏了头。"

话虽这么说，听了阿德里安的话我还是吃了一惊。在我印象中，明妮可不是那种女孩，拿着他爹的钱在酒吧里喝桃子酒。我正在担心，不知她有没有在布料店的暗巷子里撞见过我。阿德里安却兀自絮叨个不停，我才感觉松快了不少。

"就是放电影的那地方，"他补充说，"每次明妮从那里回来，都满脑子的怪念头，哪像个庄户人家的丫头。上一回从电影院回来以后更是反了天，说她不想嫁给弗兰斯·杜·图瓦了，说什么弗兰斯太老实。"

"这倒不难解决，阿德里安，"我出了个主意，"你给弗兰斯·杜·图瓦教几手，他就没那么老实了。比如，别人家离了群的牛只要进了你家养牛场，你就打上你家的印子。牛瘟以后你把赔偿单里的数字改了。还有……"

阿德里安恼羞成怒地瞪着我。

我正一桩一件地列举他能教给弗兰斯·杜·图瓦的诸多神通，他打断了我的话头。"不是那回事。明妮想要个有点神秘感的男人。她要的男人可以不老实，可是得有点洋派头，还得心眼好。她在电影院里看到过那样的男人，自打那以后就——"

我俩同时开始四处张望。

透过白花花的雨帘，有人骑着马冲我们的牛车飞奔而来。他骑得飞快，阿德里安和我站在那里张望。

这时候我们的车已经落在后面好一截了。

骑手快马加鞭，疾驰而来，很快就追上了我们，然后突然勒住了缰绳，马高高地跃起前蹄。

这位不速之客介绍说，他叫库斯·菲沙尔，正往贝专纳保护地赶去。我和阿德里安也介绍了自己，很快菲沙尔就接受了我们的邀请，同意跟我们一同过夜。

走了一英里以后我们卸了牲口，把五辆牛车赶拢到一处，摊开帆布挡雨。

第二天雨停的时候，库斯·菲沙尔已经见到了阿德里安的女儿明妮，决定跟我们多待些时候。

我们又上路了。我走在自己的牛车旁，看得见库斯·菲沙尔和明妮在一起。他们坐在阿德里安的牛车后头，摘了帽子，腿垂下来晃来晃去的，晨风轻轻拂过他们的头发。看得出来，明妮迷上了这个陌生的小伙子，而他似乎也对明妮很有兴趣。

连续下过好长时间的雨，天骤然放晴，轻风拂过湿润的青草。有那么一刻，你感觉跟草原分享着同样的秘密，你仿佛在心里低声诉说着什么。你肯定有过那种感觉。

他们大部分时间手拉手坐在那儿，菲沙尔说得很多，明妮不时妩媚地点点头，鼓励他继续说下去。我估计他说的全是骗人的鬼话，因为堕入爱河的年轻人最会骗人。

我想起阿德里安跟我说过，明妮去了电影院以后就生出不少怪念头。我细细打量了一下菲沙尔，怎么看都觉得他很像电影里演的那个被捆在椅子上的人。

菲沙尔身材高大，皮肤黝黑，衣冠楚楚，走起路来大步流星，风度翩翩，几乎人见人爱。

不过，我注意到菲沙尔有点怪。比方说，车队进了又高又密的骆驼刺林子后不久，我们听见一阵急促的马蹄声疾驰而至。骑在马上的是住在这附近的两个农民。不过奇怪的是，库斯·菲沙尔一听见马蹄声，马上松开明妮的手，藏进了帆布。

更准确地说，他是一头扎进了帆布——他的动作太神速了。

我猜菲沙尔这个举动可能没什么别的意思。他要是心血来潮，想看看他一直坐在屁股底下的帆布下头藏着什么，也无可厚非。再说，只要他乐意，就是在帆布下头多看看也无妨。不过他在帆布下待得久了，再露面的时候，难免蓬头垢面，灰头土脸的。

那天晚上我们在格伦河附近歇了脚，那真是光风霁月的大好时光。大伙儿围着篝火烤肉，煮玉米糊糊吃，一边唱着歌，讲着鬼故事。我在想，要是弗兰斯·杜·图瓦，就是被明妮在济勒斯特甩掉的那个老实巴交的小伙子，亲眼看到明妮和库斯·菲沙尔勾肩搭背地坐在一起，向世人炫耀他们的爱情，在篝火照耀下兴奋得满面春风，真不知他会作何感想。

我知道这两人短暂的爱情有多美好，不过说不清为啥，可能因为自己见得太多，我也不免替他们担忧。

第二天我们没赶路。

因为下雨，格伦河水猛涨。欧帕·凡·汤德在开普[1]住的日子长了，很熟悉河水的涨落规律，也会游泳。他告诉我们，一天之后才能安全过河。于是我们决定留在原地，等第二天再过河。

库斯·菲沙尔刚听了这个消息忐忑不安，说他必须哪天哪天赶到贝专纳兰保护地。过了一会儿，他似乎又接受了这一现实，不得不等第二天河水退了。

我注意到，他一直不停地盯着草原上我们来的方向张望。我觉着那神情很是焦虑紧张。

有几个伙计去打猎了，剩下的围着牛车，收拾车轭和车辕，干点杂活。菲沙尔也没闲着，他忙这忙那，帮着明妮做饭。两人不时打情骂俏，笑声不断。

夜色降临了，五辆牛车上的人又围坐在熊熊燃

1　即好望角。非洲最南端全称"好望角"（Cape of Good Hope），也可简称"开普"（Cape）。

烧的篝火旁。这个晚上比前一天晚上更红火热闹，歌唱得更动情，故事讲得更精彩。

第二天牛车能蹚水过河的时候，人们还是余兴未尽。套牲口的时候人们忙忙碌碌，透着热闹劲，但让人激动的还不止这些。

因为我们过河的时候库斯·菲沙尔已经不在了，而明妮眼中缓缓地流露出一种异样的神情。

牛车吱吱呀呀地上了路，水花四溅地下了河。这时我们最后一次看到库斯·菲沙尔，他骑在马上，左右两边各有一个穿制服的骑手。他只能用双手摘下帽子和我们告别，因为他两只手已经被铐在一起了。

但我一直忘不了明妮眼中缓缓流露出的一种眼神，那是一种近乎满足的神情。因为，她在电影里看到过的发生在女主人公身上的故事终于发生在她身上了。

风琴师

我当然知道历史是啥——夏尔克·洛伦斯大叔讲道，历史就是小孩子在学校里学的那些玩意。有天在泰思·莱默家的村镇邮局，正赶上他家小儿子斯托费尔刚开始念历史书，念到瓦斯科·达·伽马来过好望角那一段。德克·斯奈曼立马跟小斯托费尔说，他也去过好望角。小斯托费尔没大理会他，德克·斯奈曼于是说他总会知道的。

德克·斯奈曼说，他是想告诉小斯托费尔，他最后一次去开普的时候，有个黑奴也去了，就在电车上挨着他坐。而且，德克·斯奈曼说，周围的人好像也把这没当回事。

不错，想要留名青史是有点儿匪夷所思。

比方说马尼·克鲁格这个人。

马尼·克鲁格算是马里科镇的农民里数一数二的。他知道给收税官灌多少白兰地，才能叫他对啥事都稀里糊涂地点头。有次赶上旱季，马尼·克鲁格居然一路跑到政府去求援，跑得那个快，我认识的人里头没人能赶得上。

一天，马尼·克鲁格在荷兰新教杂志《罗马之祸》上读到一篇文章，里面有个乐师夸下海口，说自己比拿破仑还懂音乐。后来，他又念了一篇文章，知道了拿破仑是何许人——自那以后马尼·克鲁格就像变了个人，整天说的都是他的历史地位和他的音乐事业。

当然，人们都知道，马尼·克鲁格弹得一手好风琴，马里科镇没人可以跟他媲美。

灌木草原的舞会少不了马尼·克鲁格的风琴。他一弹起快步舞曲，就叫人顾不上歇脚。不过自从一心要留名青史，成为伟大的音乐家以后，他就变得不可理喻了。首先，他宣布他以后不在舞会上弹风琴了。这让大家非常失望。以后的草原舞会不难想象：厨房里还有桃子酒喝，客厅里还有苏格兰慢步舞、波尔卡舞和玛祖卡舞跳，但屋角乐师坐的皮椅子上再不会有马尼·克鲁格了。以后还会有别人弹那首《背上你的行囊上路》，但拂过琴键的将不再是马尼·克鲁格的手指了。舞到兴头上，桃子酒喝得正起劲的时候，依旧会有小伙子们高声喝彩，但向观众的掌声鞠躬致谢的将不会是马尼·克鲁格了。

想想真叫人惋惜。

在灌木草原舞会上，马尼·克鲁格一直是首席风琴师，一贯如此。

马尼·克鲁格的这些变化几乎人人痛惜，其中一人尤其难过，这人就是莱塔·斯泰恩。

马尼·克鲁格还不时发些奇谈怪论。有次他说，为了留名青史，他不惜染上肺结核，死在公主的怀抱里，就跟他从书上看的哪个音乐家一样。可惜的是，马里科镇很难染上肺结核，因为气候太好了。

马尼·克鲁格不在舞会上弹风琴了，不过他还是经常弹，只是弹法不一样。他开始举办风琴独奏会，我去听过好几次，的确是不同凡响。

第一次风琴独奏会上，我发现马尼·克鲁格家客厅前面摆了几排长凳和椅子，都是从邻居家借来的。这些邻居坐在蜡烛箱或倒扣的水桶上吃顿饭也能将就。客厅后头拉了根绳子，上面挂了块宽大的绿色幕布。我进去的时候，客厅坐得满满当当。简·特雷布兰奇和一个戴蓝色宽边遮阳帽的年轻姑娘坐在一起，一直想拉这姑娘的手。我好容易才在凳子上挤了块地方，坐在简·特雷布兰奇和姑娘中间。

马尼·克鲁格坐在绿幕布后头，我还没到他就已经在那里了。我知道是他，因为他穿的那双草靴从幕布下头露了出来。莱塔·斯泰恩坐在我前头，不时转过头来，我看见她满脸羞红，眼睛忽闪忽闪的，透着兴奋。

一切就绪。马尼雇的卡菲尔黑奴乔尔慢慢拉开了幕布。年轻的小子们哄叫起来："下午好，马尼！"简·特雷布兰奇问我，坐在绿色的幕布后头是不是太憋闷，叫人喘不过气。

马尼开始弹琴。

我们都知道，那是我们听到的最美妙的风琴乐，马尼·克鲁格的表现尽善尽美。为了这场演出，他练习了很久。当他的手指从琴键上滑过，风琴的乐音在我们心中流泻。马尼·克鲁格弹的曲子使我们离开了那间客厅，把我们带到了一个色彩斑斓的新世界。

演奏很精彩。

掌声震耳欲聋。每弹完一曲，那个黑人都拉上幕布，把马尼·克鲁格遮在里面。我们要等上几分钟幕布才再次拉开。不过有了第一次，以后再重复这一步骤的时候就没人再哄笑了。独奏会持续了大概一个半小时，最后一次掌声比刚开始更加热烈持久。整整九十分钟的时间里，马尼·克鲁格只有一次离开了座位。当时幕布拉不上了，他站起来踹了那黑奴一脚。

独奏会结束的时候，马尼没有如我们期待的那样，上前来和我们握手。他钻过绿色幕布进了厨房，然后放出话来，说我们可以绕到后头见他。我们刚开始觉得奇怪，不过莱塔·斯泰恩说那没啥奇怪的。她解释说，外国的大音乐家和舞台表演艺术家都是在后台和观众见面的。可简·特雷布兰奇却问，要是这些演员都在自家厨房会见客人，他们在哪里烧饭呢？

话虽如此，我们还是绕到厨房，开开心心地向马尼·克鲁格表示祝贺，跟他握手。马尼大谈特谈他的音乐前程，说有一天他要是在世界大都市的幕布前向观众鞠躬致意时，他将会取得多大成功。

自那以后，马尼又举办了几场那样的演奏会，场场都一样精彩。只是他成天忙于练习，顾不上照看庄稼。结果他的农场破了产，举了债。法庭来人牵走了他一半牲口的时候，他还忙着为第四次独奏会苦练风琴呢。等到为第七次独奏会苦练风琴的时候，他的牛车和骡车都给没收了。

随着马尼·克鲁格的音乐事业继续发展，法庭收走了他的犁头，牵走了他最后一头牛，他不得已卖掉了他剩下的家产，离开了灌木草原，往他念念不忘的大城市去了。马里科镇给他举行了盛大的欢送仪式，荷兰牧师和立法会委员都慷慨陈词，赞扬德兰士瓦如何为这位伟大的儿子而自豪。马尼也说了一通话，他不仅没有感谢他的观众，反而把我们骂了个狗血碰头。说什么我们都是帮流氓无赖，都是没心没肺、不懂艺术的非利士人，还说他如何如何看不起我们。

自然，这突如其来的发泄使我们大感意外，因为我们从未亏待过马尼·克鲁格，还尽可能地鼓励他。莱塔·斯泰恩解释说，马尼并没有怨恨我们的意思。她说每个伟大的音乐家说起自己生活的地方都是那个腔调。

原来如此啊，我们算是领教了。接下来，马尼话说得越难听，我们越是大声喝彩："万岁马尼，万岁马尼！"他说我们跟树蛇一样，对音乐一窍不通，我们还给了他一阵空前热烈的掌声。我还是第一次见到有人如此辞色激愤，唯一的另一次是德韦说起布尔将领克龙耶在帕尔伯格向英国人投降[1]时他当时的感受。我们都感到马尼的演讲是真水平。我们为了给他喝彩，嗓子都喊哑了。

马尼·克鲁格就这么走了。他走后我们收到一封信，说他已经到了比勒陀利亚。但此后就再没有他的任何音信。

莱塔·斯泰恩每次说起马尼的时候，都像个孩子在谈自己的理想，一半是期盼，而且是永远带点孩子气的期盼。她跟我说总有一天，总有一天他会

1　克龙耶将军为第二次布尔战争期间的布尔人将领，在帕尔伯格向英国人投降，被布尔人视为奇耻大辱。

风风光光地回来。每到天擦黑的时分，我经常看见她坐在门阶上，目光掠过草原，仰望着夜空，又俯视着荆棘树间达沃斯伯格后面的那条土路，等着她那永远不会回来的心上人。

很久以后，我再次见到马尼·克鲁格，是在比勒陀利亚。我到比勒陀利亚去拜访一位立法会委员，就选举的承诺向他请教。我见到马尼·克鲁格纯属机缘巧合。他当时正在弹风琴——弹得像以前一样好，我觉得。我赶紧走开了。但有样东西莫名其妙地深深触动了我，虽然只是匆匆一瞥，我还是注意到，他在酒吧演奏时身后仍然挂着那块绿色的幕布。

马里科镇的丑闻

我在新大坝那里遇见盖威·伊拉兹马斯的时候（夏尔克·洛伦斯大叔讲道），我一眼就看出来他跟他的主人库斯·德温特尔起了争执。因为盖威走开的时候，我看见他裤子屁股上留下的泥靴印子还湿乎乎的。还有一双鞋印子稍微靠上一点，已经干了，说明盖威前一天跟主人库斯也有口角。盖威要是经常性地跟主人相持不下，肯定是个心气很高的年轻人，我觉得。

话虽如此，跟库斯·德温特尔坐在他家客厅里喝咖啡的时候，我仍然觉得我有责任跟他说说这事。

"我见你新盖的大坝立面上，盖威·伊拉兹马斯铺的石头还是不整齐。"我对库斯说。

"是不整齐，"库斯回答，"你看见的是大坝立面的前头吧？"

"不，"我说，"我看的是盖威的裤子，他裤子后头。"

"盖威·伊拉兹马斯错就错在，"库斯说，"他不是真正的白人。这从他的头发和指甲当然看不出来，因为他也不是明显的有色人。不过从别的地方很容易就能看出来。对，盖威就是这个问题。他祖上是霍屯督人[1]。"

刚说到这里，库斯·德温特尔的大女儿弗朗西娜进来给我们添咖啡。

"不是这样，爸爸，你说得不对，"弗朗西娜说，"盖威是白人，跟我一样是白人。"

弗朗西娜十八岁了，长得又高又瘦，身材苗条。她站在客厅里，金黄色的头发从蓝发带下面垂落在脸颊上，看上去楚楚动人。我还注意到，弗朗西娜端着咖啡盘向我走来的时候轻盈娴雅，她洒的香水还是上次在济勒斯特参加圣餐礼的时候买的。

---

[1] 南非的人口主要由黑人、白人、有色人和亚裔构成。霍屯督人（Hottentots）属于黑人种族，自称科伊科伊人。"霍屯督"是欧洲白种人对他们的蔑称，意思是讲话口吃，这种贬称一直沿用至今。布尔人是17世纪荷兰、德国或法国白人移民的后裔，有强烈的种族优越感，在这里库斯把白人以外的人种通称为有色人。

香水跟那个夜晚一样，在她身上留下一种特别的味道。

库斯·德温特尔没接茬，弗朗西娜进了厨房、关上门以后，他才又说起盖威·伊拉兹马斯。

"他明明是有色人，"库斯说，"他睡觉的时候头蒙在毯子下头，跟黑奴没两样。"

库斯·德温特尔这番奇谈怪论使我印象深刻。因为以库斯之见，光看盖威·伊拉兹马斯的头发和手指还看不出他是黑人。得等到盖威钻进毯子下头，啥也看不见了，才知道他是不是黑人呢。

不过我一直记得弗朗西娜离开客厅的时候昂着头、闭着嘴的样子。我觉得，盖威跟他主人不和，不完全是因为他盖新堤坝的时候石头铺得不齐。我再次遇见盖威·伊拉兹马斯，是在德罗格屋雷辩论会上。

可盖威是有色人的说法还是有人信以为真了。保罗斯·韦尔曼说，他认识一个弗雷堡地方的人，这人认识盖威的女儿。据这人说，盖威的祖父大腹便便，鼻子上穿着铜环。可保罗斯·韦尔曼后来又改口说，这个弗雷堡人认识的是盖威的父亲，盖威的父亲鼻子上倒是不戴铜环，但一只耳朵上戴。两种说法难辨真假，马里科大多数农民就宁可信其有了。

德罗格屋雷辩论会在学校校舍里举行，参加的人很多，因为辩论的主题就是土著民问题。这一直都是马里科的热门话题。想都不用想，就有说不完的话。

我正站在荆棘树下跟保罗斯·韦尔曼和其他人说话，库斯·德温特尔带着他老婆、弗朗西娜，还有盖威到了。下了骡车以后，两个女人朝校舍走去，库斯和盖威留在后头，把驴子拴在树上。我旁边有几个人对眼前发生的一幕痛心地摇了摇头，原来盖威在弯腰拾缰绳的时候，又被主人踹了一脚。

弗朗西娜正跟母亲向校舍走去，她感觉到有点儿异样。可当她转过身来已经迟了，她什么也没看见。

弗朗西娜跟母亲经过我们身旁时，跟我们打招呼。保罗斯·韦尔曼说，弗朗西娜是个漂亮姑娘，但性子太冷淡。他说，她理解事情也有点儿迟钝。

他跟她讲过盖威父亲耳朵上穿着铜环的笑话，当时弗朗西娜看他那眼神，就好像是他是在说他自己耳朵上穿了铜环似的。她好像有点儿神不守舍，保罗斯·韦尔曼说道。

我没怎么理会保罗斯的话。

我站在荆棘树下，弗朗西娜刚刚打这里过去。我闻着那残留的香水味，这香水是弗朗西娜在济勒斯特买的。那是种美妙、奇特的香气，带着淡淡的忧伤，就如同已逝的青春。

我站在树荫下等着。盖威·伊拉兹马斯走了过来。我仔细打量着他：他长着黑头发，深色皮肤，但除此以外，我没发现其他理由让库斯判定他是有色人。这事压根就是库斯·德温特尔和保罗斯·韦尔曼两人闹出的笑话。盖威看起来就是个普普通通的小伙子，二十来岁，还相当帅气。

这时天已经黑了。一向热衷于辩论的老农民欧帕·凡·汤德老汉点亮了他从家里带来的那盏油灯，摆在桌上。

跟往常一样，校长入了座。他说道，今天的话题大家都知道了，就是应不应该让班图人走自己的发展道路。他说，他在荷兰新教杂志《罗马之祸》上看到了一篇文章，所以才想到这个议题。

一听这话，汤德老汉立马站起来说，校长说的题目太难懂了。他提议，为了照顾没怎么念过书的老年人，应该让他们辩一辩这个话题：马里科的黑人是怎么一天天横起来的。年纪大的辩手们都为汤德老汉喝彩，因为他敢驳校长的面子。

汤德老汉话还没说完，校长拿着尺子敲敲桌子，说是他坏了规矩，这让汤德老汉十分着恼。他说他在德兰士瓦共和国[1]混了八十八年了，叫人这么羞辱，还是生平头一遭。"叫大伙儿把我当成纳特瓦丁的蒸汽玉米脱粒机，老是出故障。"汤德老汉抱怨道。

这时有人拽拽汤德老汉的衣裳，想让他坐下，但也有人大声嚷嚷起来，说汤德老汉说得没错，说应该拽校长的衣裳才对。

校长解释说，如果一部分人说《罗马之祸》杂

---

1 1852—1877 年和 1881—1902 年间布尔人在现在南非共和国北部建立的国家，首都比勒陀利亚。

志上的话题，另一部分人说汤德老汉的话题，那等于是同时举行两个不同的辩论会了。汤德老汉却说，这不很好嘛，很对他的心思。接下来，他讲了个老长老长的故事，说有个黑人如何偷了他的车辕。还威胁校长说，要是他讲话的时候校长再敲桌子，他就带着自个儿的油灯回家。

末了，校长无奈地说，大家随便说点想说的就行。唯有一点，他请求大家不要爆粗口，因为前三次辩论会都是因为爆粗口给搞砸了。"大伙儿一定记好了，有女人在场呢。"他说话的时候底气不足。

那些没念过几天书的老辩手天南地北地高谈阔论起来。

后来，校长提议说，也许年轻人也有话要说呢，于是鼓励盖威·伊拉兹马斯，叫他代表黑人说几句。当然，校长说的是句玩笑话。

库斯·德温特尔掩面大笑起来，几个女人也嗤嗤笑个不停。原来校长人缘不佳，对马里科镇的这桩传闻并不知情。只有批改高年级作文的时候，他才有渠道了解到镇上的新闻。但看得出来，孩子们在作文里显然并未提及盖威·伊拉兹马斯是有色人的传言。

流言蜚语每每如此，当事人往往是最后一个知情。

校舍里一屋子的人很快明白了事情的原委。盖威代表黑人讲话时，底下笑声稀里哗啦的，一直没断过。我还记得，盖威那深肤色的脸上露出不解的神情，就好像他本来是打算将错就错、跟大家逗逗乐，但没料到大家如此捧场。我还注意到，弗朗西娜满脸通红，眼睛死死盯着地板。

因为爆笑声震耳欲聋，盖威最后不得不坐下来，看上去还是有点不明就里。

然后保罗斯·韦尔曼站起身来，也讲了一通笑话。说某某所谓白人的祖父大腹便便，耳朵上套着铜环什么的。盖威·伊拉兹马斯什么时候才意识到那些调侃故事说的是他本人，这个我不知道。他是何时溜出了校舍，永远离开了德罗格屋雷和大马里科镇，我也不知道。

数月后，我再次拜访库斯·德温特尔，他再没跟我提起盖威·伊拉兹马斯。他似乎对马里科镇这桩传闻已经没了兴头。但是当弗朗西娜端咖啡进来时，显然误以为库斯又在编排盖威了。因为她十分不满地看着他说："盖威是白人，和我一样的白人。"

我起先并没发现她跟以前有何不同。她还跟从前一样美，但又跟以前不大一样了。我开始琢磨：或许是因为她没洒那种从济勒斯特买来的奇特香水吧。

就在这时，她过来给我倒咖啡。

弗朗西娜·德温特尔从桌子后面朝我走来时，端着咖啡盘，我明白了为什么她的举止是那么笨重迟缓。

马弗京路

当有人问我——人们常这样问我——我怎么就能讲出德兰士瓦每个人的故事，而且讲得头头是道（夏尔克·洛伦斯大叔很谦虚地讲道），我就跟他们说，我不过注意观察这世上的男男女女是如何行事的，善于从中学习罢了。这时，人们就故作聪明地点点头，说他们明白了。我也就故作聪明地点点头，而他们似乎也就满足了。当然我不过哄哄他们而已。

其实故事本身并不重要，重要的是这个故事怎么个讲法。重要的是要知道什么时候该拿烟管敲敲草靴，要知道故事讲到哪一步就得说说德罗格屋雷校委会那些事。还有一件，要知道哪些事压根不该讲。

这些个门道你永远也学不来。

就说凡·巴纳韦尔特家的最后一辈人，弗洛瑞思。他的确有个好故事，本来是能讲给人听听的。可从来没人把他当回事，也从来没人听他讲些个啊，就因为他根本不会讲故事。

所以，我一听他讲故事就难受，因为我能听出来他哪里讲坏了。他不知道啥时候该磕磕烟管里的烟灰，每次说起他对德罗格屋雷校委会的看法都说得不是时候。最要命的是，他不知道哪些事压根不该讲。

教他也是白费力气，因为我说过，这些不是学来的。所以，每次他讲完故事，我都见他远远躲开我，脸上流露出绝望的神情，耷拉着肩头，顺着路慢吞吞地回家。这就是凡·巴纳韦尔特家的最后一辈人。

弗洛瑞思家客厅墙上挂着一张凡·巴纳韦尔特家的家谱，谁都看得见。他家可以追溯到两百年前，一直记载到凡·巴纳韦尔特还在荷兰阿姆斯特丹的时候。其实有段时间，还能追溯得更久远，不过后来树蚁咬坏了家谱的最上头，把凡·巴纳韦尔特家族的不少人给吃掉了。不过光看这张残留的家族名单，还是能看到，在家谱最下端，就在弗洛瑞思自己的名字下头，还有个名字，叫作"斯蒂芬努斯"。在名字后头，还加了一对弯弯的圆括弧，里面能看见这么几个字：卒于马弗京。

第二次布尔战争[1]爆发的时候，弗洛瑞思·凡·巴纳韦尔特是个鳏夫，只有一个十七岁的儿子，叫斯蒂芬努斯。德兰士瓦的本地民兵突击队士气高昂地准备开拔。当时的场面蔚为壮观：我们骑着战马，戴着宽边帽，斜挎子弹夹，在阳光照耀下，我们的毛瑟枪管闪闪发亮。

年轻的斯蒂芬努斯·巴凡·巴纳韦尔特是所有布尔战士里最快活的一个。不过他说，战争有一点不好，那就是，最终大家都得漂洋过海。他说这话的时候，我们已经占领了整个开普地区，民兵突击队得坐船去占领英格兰。

可我们当时并没有漂洋过海。长官说，我们这一地区的民兵必须执行命令，跟马弗京路的大部队

1　1899—1902 年间英国同欧洲移民后裔布尔人建立的德兰士瓦共和国、奥兰治自由邦为争夺南非领土和资源而进行的一场战争。马弗京是当时英军驻守的军事重镇之一，1899 年布尔人先是围攻并占领了马弗京，随后英军收复马弗京，布尔人溃退，是为马弗京战役。第二次布尔战争最终以布尔人战败告终，布尔人自此臣属于英国。

会合。我们得去马弗京杀死一个叫拜登·巴波韦尔的人。

我们向西部持续挺近。过了一段时间，我们注意到，长官经常下马，跟过路的黑人拉话。他把黑人带到离路边很远的地方，费力地跟他们打听着什么。当然，我们的长官应该跟黑人说清楚，眼下正在打仗，德兰士瓦共和国希望黑人别再抽那么多大麻，而是要好好想想眼下发生的事情。但我们注意到，每次谈话结束以后，都有个黑人指指点点的，随后我们的长官就顺着黑人指点的方向全力追击。

当时我们就明白那是怎么回事了。我们的长官年纪很轻，不好意思叫我们看出来他连去马弗京的路都不知道。

自那以后，我们对这位长官就没多大信心了。

几天以后我们赶到了马弗京。我们在那里守了很长时间，直到后来英军援兵赶到，解救了马弗京。我们开始撤离，仓皇地撤离。英军调来了大量枪炮。如果说我们来时找路费了不少事，逃离马弗京的时候却毫无困难。这回，哪怕经常夜间行军，我们的长官都用不着黑人指指点点，告诉我们该往哪个方向走了。

很久以后，我跟一个英国人讲起这个故事。他说，听人从另一个角度讲马弗京路的故事，他觉得很新奇。他说解救马弗京的时候，整个英格兰都欢腾雀跃。这故事居然还有这样的一面，是关于战败国的，关于小分队在夜里溃逃的故事。想想真是匪夷所思。

我却记得撤离马弗京的路上发生的很多故事。那天晚上没月亮，明灭不定的星光照耀着马弗京路，路上挤满了枪支、受惊的战马和吓破胆的逃兵。惊慌失措的突击队溃逃时的马蹄声在整个草原上回荡。星光静静地照耀着一个民族灭亡的沉重场面，照着无数毛瑟枪的枪口，布尔人的毛瑟枪第一次辜负了德兰士瓦的期望。

当然，作为德兰士瓦的布尔人民兵，我知道我的职责所在。我的职责就是尽快逃离那个鬼地方，日落时我最后一次在那鬼地方看到英国枪炮。其他的民兵也知道他们的职责，我们的指挥官和队长无需多言。可我尽管骑得飞快，还是有个年轻人赶得上我，一路上一直骑在我前头。他骑马的时候头埋得很低，胳膊紧紧围住马脖子。乱枪散射的时候，民兵都是那样骑马的。

他就是斯蒂芬努斯，弗洛瑞思·凡·巴纳韦尔特年轻的儿子。

稍后，长官们开始恢复队伍秩序，周围一片牢骚和抱怨。最后他们还是想办法叫队伍停了下来。但我们都觉得这个时候停下队伍很不明智，因为周围枪声密集，十分危险，我们不知道黑暗中英军追了我们有多远。而且，指挥官已经把队伍分散到不同方向，要想再集合起整支队伍恐怕只能等战争结束以后了。

斯蒂芬努斯和我下了马，拉着马站在一旁。很快周围就聚起来一大队人马，星光照耀下到处都是黑魆魆的、奇形怪状的人影。有些人挨着自己的马站在那里，还有的坐在路边的草地上。"全体立正！"军官下了命令。这中间我们一直听到像是立德炸药爆炸的声响。在这地方干等真是愚蠢至极。

"接下来，"斯蒂芬努斯·凡·巴纳韦尔特说，"他们该命令我们返回马弗京了。可能咱们的长官把他的烟草袋忘在那儿了。"

有人听得笑了起来。弗洛瑞思一直没下马，听了这话就斥责斯蒂芬努斯说这样的话真该觉得自己丢人。黑暗中我们仍能看到，弗洛瑞思英姿勃发地端坐在马鞍上，星光照着他的胡子和来复枪。

"只要长官一声令下，我立马就回马弗京去。"弗洛瑞思说。

"这才是布尔民兵该说的话。"指挥官听了很高兴。自从我们发现他找黑人问路，他在我们当中就已经没有多少威望了。

"谁让我回马弗京我都不去，"斯蒂芬努斯回敬了一句，"我要是回去，除非是回去向英国人投降。"

"只要你敢，我们就可以开枪打死你，"指挥官说，"这是违反军法。"

"我倒真希望我懂军法，"斯蒂芬努斯毫不退让，"那样的话我就可以以我斯蒂芬努斯·凡·巴纳韦尔特的名义，跟英国独立签订一个和约。"[1]

又有人笑出声来，只有弗洛瑞思难过地直摇头。他说凡·巴纳韦尔特家族曾经同西班牙英勇作战，那场仗打了整整八十年呢。

黑暗中突然传来一阵刺耳的步枪射击声，我们的人马又乱了方寸。但这一阵枪声却使斯蒂芬努斯打定了主意，他飞快上了马。

"我要回去，"他说，"我要向英国人举手投降。"

"不行，你不能回去，"指挥官说话时底气不足，"就是回去也得等第二天早晨。天太黑，他们可能会错杀了你。"我前面说过，指挥官几乎没什么威望。

两天以后，我们再次见到弗洛瑞思。他疲惫不堪、心事重重，说好不容易才找着路，跟上我们。

"你该跟黑人打听一下，"有人开玩笑说，"所有的黑人能认出我们的长官是谁。"

---

1 第二次布尔战争旷日持久，双方精疲力尽，战争没有结束之前，双方将领已经开始秘密谈判。

弗洛瑞思没有说起当晚发生了什么，那天晚上我们看见他在星光下骑着马，跟在他的投降派儿子后头，高喊着要他儿子像条汉子，要为国战斗。弗洛瑞思以后再没提起过斯蒂芬努斯的名字，他那个不配列入凡·巴纳韦尔特家谱的不肖种。

后来我们就解散了。我们的指挥官成了第一个战俘。我总觉得，他在圣赫勒拿应该会很孤独，因为那里没有黑人告诉他，怎么才能逃出带铁丝网的集中营。

最后我们的将领们在弗里尼欣会面，签订了和平条约。我们各回各家，庆幸战争终于结束了。但一想到这场仗打得一无所获，想到德兰士瓦的四色旗再也不会飘扬，我们都感到心情沉重。

打仗的时候弗洛瑞思一直把那本宝贝家谱的抄本带在行囊里，回家以后，他又把这个家谱挂在客厅墙上的老地方。后来马里科镇来了个新小学校长，跟弗洛瑞思长谈一番后，校长在斯蒂芬努斯的名字的圆弧括号内，写了这么几个字：卒于马弗京。这几个字现在还看得见。

你要是随便问镇上哪个人，这"卒于"是什么意思，谁都能立马告诉你，那是个外国字。意思是骑着马，高举着毛瑟枪，枪口上挂着白旗，去投奔英国人。

很久以后弗洛瑞思才开始跟人说起逃离马弗京那天晚上发生的故事。

那以后人们就不理会他了，也没人同意提名他参选德罗格屋雷校委会，因为能这么不负责任地编排布尔民兵，这人肯定是脑子有毛病。[1]

其实我知道，弗洛瑞思的故事本身很好，可惜的是好端端一个故事叫他给讲坏了。他过早地提到参选德罗格屋雷校委会的事，他不知道啥时候该磕磕烟管里的烟灰，而且那些压根不该讲的事他偏偏要讲。

1　第二次布尔战争中，布尔人英勇作战的故事在布尔人中广泛流传，但弗洛瑞思的投降派儿子的真实故事颠覆了有关布尔人英雄形象的神话，为崇尚极端爱国主义的布尔人所不容。本篇小说批判和讽刺了布尔人自欺欺人的极端爱国主义。

催情果

你提到一种朱巴草（夏尔克·洛伦斯大叔讲道），是的，这种朱巴草在马里科无人不知。它长在悬崖高处。人们都说，你得在月圆之夜的午夜时分摘下一颗鲜红的小果子。要是有哪个年轻小伙子迫不及待地想要一个姑娘爱上自己，那他只需把朱巴果汁挤入姑娘的咖啡里就行了。

据说，姑娘喝下这种浆果汁液后就会忘记小伙子的种种不足：什么额头太低啊，耳朵太凸出啊，嘴巴太大等等，她会通通忘掉。她甚至会忘记她上上周才跟你说过的话：就算德兰士瓦只剩你一个男人，她也不会嫁给你。

她只知道，喝完一杯咖啡后，她眼前的这个男人突然变得无比英俊。从这里你就知道，这种植物的药效多强。我是说，大伙儿要想想，马里科有些男人长得实在不怎么样。

不过，我知道有个小伙子对这种朱巴草就没那么迷信。事实上，他常抱怨说，有天晚上他爬上悬崖去摘这种红色浆果，之后却反而不如从前那般受姑娘们待见了。不过这小伙子又说，邻家姑娘们不待见他，大概是因为他摘下浆果没多久牙就掉了一大半。

事情是这样。这小子正向姑娘杯里挤果汁的时候偏巧给姑娘他爹撞见了，而这位老爹是个火暴脾气。

自那以后，再听到有人说这种春药多么多么神奇，这小伙子就一声不吭地听着，前牙处的嘴唇瘪塌塌的，一副嘲讽的样子。

"是的，伙计，"最后他口齿不清地说，"我想我一定是摘的时间不对，不是月亮没圆，就是那会儿不到午夜。我现在只觉着庆幸，幸亏我当时只摘了一颗，我本来想摘两颗的。"

朱巴草对这小伙子产生了这等药效，我们都觉得够悲剧的。

但是，吉迪恩·范德马维的经历却大相径庭。

有天晚上，我戴着探照灯去高地草原打猎。大伙儿都知道夜间打猎是怎么回事：在探照灯的强光下，你只能看到猎物的两只眼睛。万一给逮住了，就得吃三个月的牢饭。因为原先有个警察在贝专纳保护地边界追捕牛贩子，被夜间打猎的牛贩子打伤了脚，就打在这里（比画），那以后带探照灯打猎就算犯法了。

济勒斯特的治安官对牛贩子的手段并不了解，认定警察的脚只是意外受伤。所有人都对这一裁定十分满意，除了那名脚受伤的警察以外。上法庭那天，他脚上还缠着绷带。可立法会委员里就有不少人干过贩牛的买卖，跟治安官比，对于警察的脚是怎么中的枪，这些人可是心知肚明，因此这项新的法令就出台了。

所以，到悬崖上去的那天晚上，我轻手轻脚的。

我不停地关掉探照灯，长时间站在树丛一动不动，确保没人跟踪。这要在平常，本没什么可担心的，但几天前有人曾看见两名警察在这一带的灌木丛中来回。看相貌，他们都很年轻，一心只想着升官。他们还不明白，一个警察应该做的，是在老实巴交的农民家喝点儿桃子酒，而不是一看见他们戴着探照灯打猎就上来抓捕。

我一面往前走，一面拿探照灯左照右照。突然，在探照灯的强光下，我看到一双眼睛，大概在百步开外。等看到了眼睛上面的卡其色警察头盔，我才想起来，像这种月明之夜，不适合出来打鹿。

于是我往家跑。

我抄了近路，就是悬崖上的那条路——在比较陡的那一侧。从悬崖上往下溜的时候，我能抓什么就抓什么，树枝啊，树根啊，岩脊啊，草丛啊啥的。当我溜到悬崖脚下，回过神来能坐直身子的时候，那个警察正俯身看着我。

"夏尔克大叔，"他说道，"能借你的探照灯用用么？"

我抬头一看，是吉迪恩·范德马维。他是个年轻警察，在代德普特当差有些日子了。我之前见过他几次，发现他很讨人喜欢。

"尽管拿去用，"我答道，"不过你得小心，你可是警察，警察犯法，罪加一等。要是给逮住，可比我们老百姓严重多了。"

吉迪恩摇了摇头。

"你误会了，我借灯不是去打猎，"他说，"我是想——"

他停下不说了。

然后不自然地笑了。

"这事说起来有点傻，夏尔克大叔，"他说，"不过你可能能理解。我是来找那种朱巴草的，我考三级警官复习要用。这眼看就午夜了，我到处找都找不到。"

我不禁为吉迪恩感到遗憾：我突然意识到，他成不了一名优秀警察。要是他连一株朱巴草都找不到——要知道，这种植物在悬崖上成千上万——那他就更别想发现牛贩子的踪迹了。

我递给他探照灯，又告诉他该去哪儿找。吉迪恩谢了我以后走了。

过了大概半个小时，他回来了。

他从警服口袋里掏出一颗红色浆果，拿给我看。我不想听他继续扯谎，说什么他要用这浆果复习考试，就先开了口。

"是为了莱蒂·科迪埃？"我问他。

吉迪恩点了点头。不过他太害羞，开始不肯讲太多。其实我早就猜到，吉迪恩隔三岔五地跑去克里斯杨·科迪埃家，并不是为了去听克里斯杨讲他一辈子的经历。

不过，我还是提到了克里斯杨一辈子的经历。

"是的，"吉迪恩回答道，"莱蒂的父亲讲到他十一岁的事儿了。到现在他讲了一个月了。"

"有你听他讲故事，他一定高兴，"我说，"除了你，另一个肯听他讲故事的就只有一个保险员了。不过他听了两周后就走了，因为整整两周时间克里斯杨才讲到他刚过完五岁生日。"

"可是莱蒂很美，夏尔克大叔。"吉迪恩终于说到了莱蒂。

"我跟她统共也没说过几句话，当然，我不过一个警察，指望她看我两眼简直痴心妄想。不过能坐在她家客厅，听他父亲讲他六岁之前的人生经历，有莱蒂不时进来添咖啡——这就是爱啊，夏尔克大叔。"

我表示同意，说那肯定是爱。

"我算过了，"吉迪恩解释道，"照他现在这个讲法，大概两年时间他一辈子的故事就讲到头了，到时候我没理由再去莱蒂家了。一想起这事我就心烦。"

我说，这确实让人没法安心。

"有好几回，我都想跟莱蒂说，我有多喜欢她，"吉迪恩说，"但一开口，我就总觉着不对劲：不光我的警服破破烂烂的，我靴尖烂得都卷了边，声音也开始发抖。结果我只跟她说了这么一句：我很快还会来，就因为我还要听她父亲讲剩下的故事。"

"那你拿这朱巴浆果打算干啥?"我问。

"这浆果，"吉迪恩的声音里饱含着强烈的渴望，"也许能让她先开口。"

我们很快就分手了。我拿起灯和枪，看着吉迪恩的身影消失在树林中，心想着这可真是个好小伙子。非常单纯。不过，我觉着他最好还是干他警察的本行。因为他要是去贩牛，每次过边界准会被逮住。

第二天清晨，我开车去克里斯杨家的农场，想给他提个醒，上次洗羊的时候他借我的那罐洗羊液，到现在还没还呢。

我在那儿只待了一个小时，这中间克里斯杨一直在跟我讲他九岁之前的事儿，喋喋不休，我压根儿就没机会跟他要洗羊液。莱蒂端着咖啡进来时，我随口向她父亲提起了吉迪恩。

"对，那小伙子有点意思，"克里斯杨说，"还很聪明，我就爱跟他讲我这辈子的事。他说，我讲的那些事不光叫人爱听，对他还很有用。这我很理解。要是他很快就升了警官，我觉得一点儿不奇怪。所以，凡是对他有大用的，我都跟他讲得特别细。"

我没怎么注意听克里斯杨的话，只顾着仔细观察莱蒂听到吉迪恩的名字时作何反应。她几乎不动声色，但我对男女情事很敏感，看到的那点就足以说明一切了。我注意到，她脸颊泛起了红晕，两眼闪闪发亮。

回去的路上我遇到了莱蒂。她正站在一棵荆棘树下，古铜色的胳膊，甜美安静的面孔，加上丰满的胸脯，美得像画中人。毫无疑问，不管嫁给谁，她都会是一位好妻子。吉迪恩对她有爱慕之情也不难理解。

"莱蒂，"我问道，"你爱他么？""我爱他，夏尔克大叔。"她回答道。

就这么简单。

我连吉迪恩·范德马维的名字都没提，但莱蒂马上猜得出我指的是他。我干脆把前天夜里在月圆时分悬崖上发生的事儿说给莱蒂听，这对我来说不是什么难事。我只讲了莱蒂最关心的那些事，比如我向吉迪恩解释去哪儿找那种朱巴果。要换了别人，或许会拉拉杂杂，讲自己怎么摔下悬崖啊，又怎么抓住树枝草根啊，惹得莱蒂厌烦。但我不这样。我跟莱蒂说，是吉迪恩溜下了悬崖。

毕竟，那是莱蒂和吉迪恩之间的事，我不想过分突出自己。

"现在你知道该怎么做了吧，莱蒂，"我说道，"把你的咖啡放在吉迪恩够得着的地方，给他足够的时间把朱巴果汁液挤到你的杯子里。"

"我要是从门缝儿替他望风，"莱蒂说道，"或许更保险。"

我拍了拍她的头，表示赞同。

"然后你就到客厅，把咖啡喝掉。"我叮嘱她。

"好的，我知道了，夏尔克大叔。"她简单地回答。

"喝完咖啡，"我最后总结道，"你就知道接下来该怎么做了，但是别太过火。"

看到她再次满脸羞红，真叫人开心。我赶车离开的时候自言自语道，吉迪恩真是个幸运的家伙。

关于莱蒂和吉迪恩就再没什么好讲的了。

过了些日子，我又遇到了吉迪恩。正如我所料，他一副兴高采烈的样子。

"这么说那朱巴果起作用了？"我问。

"简直神了，夏尔克大叔，"吉迪恩回答，"有意思的是，我把朱巴果汁挤到莱蒂咖啡里的时候，连她父亲也不在！因为我到之前莱蒂跟他父亲说，玉米地需要他过去。"

"朱巴果真有人说的那么神奇吗？"我问。

"这东西起效太快，说了你都不信，"他说，"莱蒂才抿了一小口，就直接跳到我大腿上来了。"

不过话说到这里，吉迪恩大有深意地眨了眨眼，我这才明白，他远远不像我想的那么单纯。

"夏尔克大叔，莱蒂的父亲告诉我，那天早晨你去过他家。那时候我就知道，这浆果一定会有效了。"他说。

马卡潘山洞

卡菲尔黑鬼？（夏尔克·洛伦斯大叔讲道）是的，我知道他们。他们都一个德行。我对全能的神心怀敬畏，对神的所有造物都十分敬重。但我始终不能理解，神为什么要造出卡菲尔黑鬼和牛瘟这两样东西来。霍屯督人还好些，他们只偷挂在绳子上晾晒的肉条，不会连绳子一股脑儿偷走。而卡菲尔黑鬼会连肉带绳偷得一丝不剩。这就是卡菲尔黑鬼的特别之处。

不过，卡菲尔黑鬼中也有那么一两个好的，忠心不二，诚实正直，笃信上帝，从不让野狗偷走羊只。我始终觉得，杀这样的卡菲尔人是不对的。

我记得，我们收留过一个卡菲尔人，叫农卡斯。事情的经过是这样的。那年大旱，寸草不生，洼地的积水也都干了。牲口死得跟苍蝇一样多，每天能死掉十到二十头，很吓人。我父亲说，我们只能把全部家当搬上牛车，到雨水充足的达沃斯伯格去躲旱灾。那年我才六岁，是家里的老小。大多数时候，我都是跟母亲和两个姐姐一起坐在车后头。哥哥亨德里克十七岁，他帮我父亲和卡菲尔人赶车。我们就这样风尘仆仆地上了路。一路上又死了不少牛，但两个月的长途跋涉后，我们终于进入低地草原。父亲说上帝待我们不薄，因为达沃斯伯格的草地绿油油的。

一天清晨，我们来到卡菲尔人的茅棚前，父亲拿两麻袋玉米跟他们换了一卷烟草。一个跟我年纪相仿的小黑鬼站在茅屋前，一直盯着我们看，还一个劲咧着嘴憨笑。他总盯着看我哥哥亨德里克。这倒不奇怪。即使是灾荒年月，我哥哥都很讲究穿着打扮，啥东西时髦就穿啥，连星期天都穿袜子。我们往车上装玉米时，父亲割了一小块布尔烟草，递给那小黑鬼，他更是乐得咧大了嘴，露出一口洁白的牙齿，大伙儿都看得一清二楚。他把那一小截烟草放嘴里嚼起来，看得我们哈哈大笑。那小黑鬼活像只小狗，刚吃到一口肉，正歪着个头，仔细品着肉的味道。

那是早晨发生的事。下午我们接着赶路，父亲想当天赶到特威库比方丹，连牛带人在那儿待上一段时间。到特威库比方丹时已接近傍晚，我们开始卸车。我下车的时候，往四下里一看，突然发现有什么东西跳到了灌木后头，看起来像是什么野兽。我有些害怕，就告诉了哥哥亨德里克。他端上枪小心翼翼地朝灌木走去。随后我们看清了，原来那就是清晨在茅棚前遇到的那个小黑鬼。他一路跟着我们的车走了约十英里路。他看起来脏兮兮的，也很疲惫，但是一见到我哥哥走上去立马笑了起来，很开心的样子。我们不知道该拿他怎么办，于是哥哥就骂着撵他回家，还扔石头砸他。但父亲是个慈悲心肠，他听了农卡斯——就是那小黑鬼的名字——的身世后，说我们可以收留他，但他得懂规矩，不准学其他卡菲尔黑鬼的样儿，撒谎或偷东西。农卡斯用塞川纳语——只有父亲听得懂——告诉我们，他爹妈都给狮子吃了，他和舅舅一起过活，但他不喜欢他舅舅，他喜欢我哥哥亨德里克，所以就跟了我们来。

农卡斯跟了我们很多年，和我们一起长大，是个很实诚的卡菲尔人。日子一天天过去，他跟我们也越来越亲密。他特别崇拜我哥哥亨德里克。随着农卡斯渐渐长大，父亲有时会跟他说起他的灵魂，向他解释上帝是怎么回事。不过，尽管他跟父亲说他明白了，我能看出来，每次农卡斯想到上帝的时候，他心里想的其实是亨德里克。

我刚过完二十一岁生日，就听说赫曼努斯·波特吉特全家都被马卡潘山下的卡菲尔部落杀害了。我们还听说，他们杀死老波特吉特后，还剥了他的皮，做成皮袋子，用来放大麻。卡菲尔人的行径实在太狠毒，尤其是大麻，能让人失掉理智，吸食大麻可是罪过。我们召集了一支当地的队伍，去攻打那支卡菲尔部落，好给他们点儿颜色看，让他们懂得尊重白人的法律——最重要的是，让她们尊重白人的人皮。母亲和姐姐们烤了好多面包干让我们带着，还有玉米糊和干肉条。我们找出铅模，熔制了子弹。次日清晨，我和哥哥就骑马朝马卡潘的养牛场出发了。农卡斯也跟着我们，帮我们照料马匹，生火做饭。父亲留在了家里。他说，自己老了，没法跟着突击队打仗了，除非是打英国的红衣军——要是现在还有的话。

但是他给我们出了很好的主意。

"孩子啊，别忘了读《圣经》，"我们正要骑马出发的时候，他在后面嘱咐道，"愿上帝保佑你们，开枪的时候记得往肚子上打。"这句话最能说明父亲如何天性虔诚，笃信宗教。他也知道，打中肚子比打中脑袋容易得多，而效果却一样理想：因为肠子打烂了，必然性命难保。

之后，我同哥哥骑马走在前面，农卡斯骑着驮行李的马，跟在几码远以外。一路上我们不时碰上其他布尔民兵，他们很多都赶着车。第三天，我们抵达了马卡潘养牛场，一支大部队早已在那儿安营扎寨。我们到的时候是晚上，一眼望去，一大圈篝火在四周熊熊燃烧。总共有二百多辆车，红黄相间的火光映照在车篷上。我们向长官报到后，他把我们带到了扎营的地方，正挨着范伦斯堡四兄弟。农卡斯刚刚生了火，煮上咖啡，范伦斯堡兄弟中的一个就过来，请我们去他们那里吃饭。他们打回来一只羚羊，正在炭火上烤呢。

我们相互握过手后开始寒暄，说起这是个好天气，适合玉米生长，还说要是没有害虫糟蹋，玉米准能长得很好；还说是时候该选新总统了；还说在炭火上烤的羚羊味道如何好，如此等等。之后他们向我们介绍了卡菲尔人的情况。原来马卡潘和他的部族老远看到了突击部队，就朝他们开了几枪，然后就都逃进悬崖的山洞里去了。那些山洞很深，一直通到地底下，而且洞里曲里拐弯的。布尔人要想成功突袭而不损兵折将，显然是不可能的。所以长官下令包围山脊，要饿得敌人不得不出洞。马卡潘整个部落，男女老少，都在山洞里。他们已经在山洞里待了整整六天，剩余的食物应该不多了，只能从一个小水坝里弄到带咸味的水，所以我们可望不费一枪一弹就把卡菲尔人消灭个差不多。

风从洞口向我们吹来，那气味恶臭难闻。要不是担心会有卡菲尔人从火堆间逃走，我们早往更远处扎营了。

第二天清晨，我第一次明白了，为什么我们的队伍有四百多人，却没办法把卡菲尔人从山洞里赶出来。我看到悬崖上满是黑漆漆的洞口，隐藏在岩石和灌木中，一直通向地底深处。周围横尸遍野，洞内还有大量的卡菲尔人没死，但这些人我们根本看不见。他们有枪，是从非法商贩和传教士那儿买来的，我们只要进入他们的射程内他们才会开枪。腐烂的尸体恶臭难闻。

我们又持续包围了一周。后来就听到长官马丁努斯·韦塞尔斯·普里托里厄斯同保罗·克鲁格吵起来了。克鲁格想即刻发动进攻，速战速决，而普里托里厄斯认为这样做太危险，他不想再看见有民兵被杀。他说，上帝已经严厉地惩罚了马卡潘，再过几周，卡菲尔人就全都饿死了。但是克鲁格说，最好让上帝更严厉地惩罚卡菲尔人。最后，克鲁格获准可带领五十名志愿兵从一侧袭击山洞，与此同时，长官皮耶·波特吉特带二百人从另一侧推进，以分散卡菲尔人的注意力。

克鲁格在部队中声望很高，几乎人人都愿意跟着他。所以他挑了五十人，其中就有范伦斯堡四兄弟和我哥哥亨德里克。我不想待在后方营地，就只能加入皮耶·波特吉特的队伍。

一切准备就绪，次日清晨我们准备进攻。我哥哥亨德里克被选中执行更危险的任务，又开心又骄傲。他仔细给枪上了油，还擦了擦靴子。

这时候农卡斯来了，我发现他很沮丧。

"我的小主人，"他对我哥哥亨德里克说，"你万万不能去打仗啊。他们会杀死你的。"

哥哥摇了摇头。

"那就让我跟你一起去吧，小主人，"农卡斯说，"我走在前头，护着你。"

亨德里克听了哈哈一笑。

"听我说，农卡斯，"他说道，"你可以留在营地做饭，我到时候会回来吃饭的。"

整个部队的人都聚在一起，跪地祈祷。之后普里托里厄斯说，我们得唱第二十三首赞美诗《吾王上帝，请佑我灵魂安息》。我们还唱了一首赞美诗和圣歌。大部分人都觉得唱一首就够了，但普里托里厄斯不这么想。他不管干啥，都要确保万无一失。随后我们开始进攻。我们英勇奋战，但是卡菲尔人人数众多，而且躲在山洞暗处，没等我们发现他们就向我们开枪了。仗越打越惨，比布巴尔德山一战的立德炸药还要命。空气中弥漫着难闻的腐臭，我们用手帕罩住口鼻，但不管用。而且我们不是英国人，很多人没手帕可用。尽管这样我们仍然坚持战斗，朝一个看不见的敌人开枪，随后径直冲到一个洞口，还往里摸了一小段距离。就在这时，指挥官皮耶·波特吉特四仰八叉地向后倒去，胸部中了一枪。大伙儿把他抬出来时，人已没了气息。我们士气低落，开始撤退。

撤回营地时，我们发现另一支突袭队同样败阵而归。他们是杀了不少卡菲尔人，但还有数百人没死。这剩下的人已经饿急了眼，打起仗来异常凶猛。

我回到自己的营帐，看到只有农卡斯一人坐在石头上，脸埋在胳膊里。我突然感到一阵恐惧，连忙问他怎么了。

"亨德里克主人，"他回答我时神情悲伤，"亨德里克主人没回来。"

我立刻出去打听情况，但没人说得准。他们只清楚记得，攻打山洞时见过我哥哥亨德里克，他是打头阵的。尽管我深知虎父无犬子，对哥哥的做法并不感到意外，但听到这个，我还是为哥哥感到自豪。但后来他怎么样就没人知道了。他们只知道撤退时哥哥不在队伍里。

我去找普里托里厄斯，要他另派一队人去找哥哥。但普里托里厄斯很生气。

"我不会让任何一个人再去冒险,"他回答道,"这都是克鲁格造成的,我一开始就反对。波特吉特长官比克鲁格强,克鲁格的整个多普特帮加起来都没法跟他比,现在波特吉特都被打死了。谁再敢回那个山洞,我就开除他。"

但是我认为普里托里厄斯说得不对,因为克鲁格不过是履行职责而已。克鲁格后来被提名为布尔人总统,我还投了他一票。

我再次回到营帐时已经十一点了。农卡斯依旧坐在那块平坦的石头上。我能看出来,他已经干完了哥哥亨德里克交代的所有差事,火上坐着个锅,正在煮东西。晚饭好了,可我哥哥却没回来。此情此景使我难以承受,就一个人到范伦斯堡兄弟的车下躺着去了。

过了大概半个钟头,我抬起头,发现农卡斯背上拴着个小包和水瓶,正往营地外头走。他什么也没跟我说,但我知道他是去找我哥哥亨德里克了。农卡斯知道,要是他的小主人还活着,肯定很需要自己,所以就去找我哥哥了。对他来说,一切就是这么简单。我看着农卡斯偷偷穿过岩石和灌木丛，看了很久。我猜，他是打算躺在某个洞穴外等着，等到了晚上再爬进去。这需要相当大的勇气。要是给马卡潘洞里的卡菲尔人给看到，他们准会杀了他，因为他竟然帮布尔人对抗自己人，何况他还是布尔人的死对头贝专纳人[1]。

已经晚上了，但是哥哥亨德里克和农卡斯都没回来。我面朝洞穴坐了整整一夜，一眼都没合。第二天一早我起身后，给枪上了子弹。我跟自己说，要是农卡斯去找哥哥的时候也给杀死了，我只有一件事可做：我必须亲自去找哥哥。

我怕有军官发现我会命令我回来，就先走进草原。我沿着山脊走，靠灌木掩护。然后再往前爬，借茂密的草和岩石隐蔽，一直爬到了马卡潘大本营的一个安静角落。等爬到离一个洞穴大概两百码远的地方，我藏在一块大岩石后头，一动不动地躺着，观察是否有卡菲尔人正从洞穴那边看。我偶

---

1 非洲南部黑人土著之一。1885年英国在南部非洲建立贝专纳保护地，以保护当地黑人土著免受南面的布尔人劫掠。1966年贝专纳保护地独立建国，更名为博茨瓦纳。

尔能听到一两声枪响，但声音离我很远。再后来我就睡着了，因为头一天天夜里我忧心如焚，根本没睡，现在已经疲惫不堪。

我醒来时太阳当空。天很热，一片云彩都没有。只有几只秃鹫慢慢盘旋着，翅膀一动不动。不时有只秃鹫飞下来，落在地上，那情形十分恐怖。我想到哥哥亨德里克，不禁打了个寒战。我朝洞穴看去，里面似乎有东西在动。一分钟后我看清了，是个卡菲尔人正偷偷朝洞口移动。他好像在朝我这边看，我怕他看见我后会叫来其他同伙，就立刻开了一枪，瞄准他的肚子开了一枪。他倒在地上，跟一麻袋土豆似的，我不由感激父亲出的好主意。但我得赶快行动。要是其他卡菲尔人听到了枪声，他们会一窝蜂地全跑过来，那场面我可不乐见，我也实在不愿再看到那些秃鹫。于是我决定冒个大险。我全力跑向洞口，冲了进去，这样就算卡菲尔人来了，我藏在暗处他们也不会发现我。我躺在暗处等了很长一段时间。但是卡菲尔人再也没来，我于是站起身，慢慢走进一个黑乎乎的洞道，不时环顾四周看有没有人跟踪，也好记住回去的路。洞里曲里拐弯的，整个悬崖像是给镂空了一样。

　　我自知找到哥哥不是件容易的事。但是冥冥中似乎有什么东西告诉我哥哥就在附近。于是我坚定了信念，相信上帝将为我指路。我找到了哥哥亨德里克！他还活着！居然能找到他，我喜出望外。借着头顶上一条大石缝透下来的昏暗光线，我见哥哥躺在大石头后面，抱着大腿呻吟着。他的腿扭伤了，肿得厉害，但没什么别的大碍。哥哥看到我又惊又喜，激动得说不出话来，只紧紧抓着我的手笑了。我摸摸他的额头，发现他在发烧。我从酒壶里喂他喝了些白兰地，他三言两语地跟我讲了事情的经过。原来袭击山洞时他就在先头部队，卡菲尔人往后撤他就往前追。但是大家追的方向都不一样，所以哥哥发现自己落单了。他想出去，却迷了路，跌进一个坑，脚踝严重扭伤，疼得钻心。他爬到一个隐蔽的角落，一直待在那儿，周围是无边的黑暗，随时都有生命危险，脚踝一直疼痛难忍，而腐尸的恶臭味尤其难以忍受。

　　"后来农卡斯来了。"哥哥亨德里克说。

　　"是农卡斯？"我问他。

"是，"他答道，"他找到我，给我带来了吃的和水，把我背在背上。后来水没了，我渴得要命，农卡斯就拿着水壶到外面水洼取水。那太危险了，我真害怕卡菲尔人会杀了他。"

"他们不会杀他的，"我说道，"农卡斯会回来的。"我嘴上这么说，心里却很担心。因为到处都是黑黑的洞穴，那些卡菲尔人都是些杀人不眨眼的家伙。干等是没有用的。我把亨德里克背在肩上，朝洞口走去。他脚踝还疼得要命。

"你知道么，"他压低了声音说，"农卡斯看见我就哭了。他以为我死了。他对我特别好——特别特别好。你记得那天他跟在我们车后头么？他那时候那么信任我，那么小，可我——我还扔石头砸他！我真希望我没那么干。我现在只盼着他能平安回来。他见到我哭了好一阵子，还摸我的头发。"

我前面说过，亨德里克发烧了。

"他肯定会回来。"我回答。但是这一次，我知道自己撒了个谎。因为出洞口时我踹了一下我打死的那个卡菲尔人。他松软的尸体倒向另一边，这时我看清了他的脸。

金黄的野橘

只要你跟我父亲聊起巫医（夏尔克·洛伦斯大叔讲道），那他一定会跟你讲个故事。在故事的结尾，我父亲总要解释一句：尽管巫医能用那些骨牌替人预测未来，但他能告诉你的都是些无关紧要的小事。我父亲以前常说，真正要紧的事求神问卦的人不会知道，巫医也一样没法预测。

我父亲说，他十六岁的时候曾经跟他的朋友保罗——一个跟他年岁差不多的年轻人，去找过一个黑人巫医。他们听说这个巫医用骨牌占卜很有一套。

这巫医一个人住在土房子里。去的路上两人还说说笑笑，但一进屋他俩就笑不出来了。他俩被镇住了。这巫医很老，皮肤皱巴巴的，戴的头饰很奇怪，是用各种各样野生动物的尾巴做的。

这两个小伙子坐在暗处的地板上，内心充满了敬畏。因为我父亲本来只打算给这巫医一小块布尔烟草，结果竟给了整整一卷；而保罗进门之前还说什么都不给，最后连他的宝贝猎刀都奉上了。

然后这巫医就开始掷骨牌。他先是给我父亲占卜，他预言了父亲很多事情：他以后会是个好人，有一天会发大财；他会有个大农场，好多好多牛，还会有两辆牛车。

但有件事他没告诉我父亲：几年后他会有个儿子，叫夏尔克，这个儿子将会是马里科镇最会讲故事的人。

然后巫医就给保罗掷骨牌。掷完后，巫医很长时间都没说话。他看看骨牌再看看保罗，然后又看看骨牌，表情很奇怪。然后他开腔了。

"我看到你要去很远的地方，我的小主人，"他说，"过了大河很远的地方，离你的家乡很远很远，我的小主人。"

"要离开这片大草原吗？"保罗问，"要过悬崖和平原吗？"

"是的，而且要离开你的同族人。"巫医答道。

"那我会……我会……？"

"不，你不会回来了，我的小主人，你会死在外面。"

我父亲说他俩走出那间土屋的时候，保罗·克鲁格脸色煞白[1]。这就是为什么我父亲常说：巫医能告诉你一些真事儿，但是不会告诉你真正要紧的事。

我父亲说得没错。

就说尼尔斯和玛莎吧。在帕尔德克拉尔起义[2]之前，他们刚刚订了婚，就等结婚了。在帕尔德克拉尔的广场上，我们的首领向我们说明，尽管德兰士瓦已被谢普斯通总督归并，但是我们还得像以前一样交税[3]。大家都知道这是要打仗了。

我和尼尔斯在一个突击队里。

1　保罗·克鲁格为布尔人的民族英雄，第一次布尔战争期间帕尔德克拉尔起义领袖之一，战争胜利后四次当选为布尔人的共和国总统。后他因第二次布尔战争时背弃了布尔人的利益而远走欧洲，在流亡中度过余生，死于瑞士。
2　帕尔德克拉尔（Paardekraal）是位于南非城市克鲁格斯多普的一条大道。1880 年 12 月，五千多名不满英国治理的布尔人聚集在此举行国民大会，宣布武装反抗英国统治，恢复南非共和国，并推举保罗·克鲁格等人为首领，是为帕尔德克拉尔起义。
3　1877 年，英国吞并布尔人建立的德兰士瓦共和国，任命谢普斯通为行政长官，随后殖民当局开始向布尔人补收他们以前欠德兰士瓦共和国的税款。

按照事先的安排，附近的民兵在政府官邸前集会，妇女不得参加。有场硬仗要打了！这场最后的送别难免有点不尴不尬的。

　　尽管这样，女人们还是像往常一样来了。尼尔斯的恋人玛莎来了，我姐姐安妮也来了。

　　我永远都忘不了官邸前的那一幕。那是一个清晨，山边上还未全亮，微风轻轻吹过草原。我们没有荷兰牧师，只有一位新教长老。他身上挂着两串子弹夹，手里拿着一把马蒂尼-亨利步枪，讲了几句话。这位长老身强体壮却头脑简单，并不擅长演讲。但是当他说到德兰士瓦被英国人吞并时，我们都敌忾同仇，脱帽静默。

　　不久之后，我又这样脱帽静默了一回。那是在马朱巴山上，打完那场仗以后了。我们把这位长老埋葬在小山脚下时，他身上还挂着那两串子弹夹。

　　但长老简短讲话后的那场祷告让我印象深刻。那天我们跪在官邸前，每人身边放着一把来复枪。女人们跟我们一起跪着。风沙沙地刮过高高的草叶时，非常轻柔；风拂过男人们的脱去帽子的头，扬起女人们的连帽和裙摆的时候，非常轻柔；风把我们这个民族的祈祷吹向大草原的时候，非常轻柔。

之后我们站起来，唱了赞美诗，仪式就结束了。勤务兵给我们牵来了马。女人们紧咬牙关将自己的男人送上前线。没有眼泪，没有哭泣。

再之后，按照布尔人的规矩，我们向空中齐射。

"全体前进！"长官命令一到，我们立即两人一排慢跑前进。但离开之前，尼尔斯从马鞍上探下身来吻了吻玛莎，还对玛莎说了句话，被我无意中听到了。当时我姐姐安妮就站在我的马旁边，她也听到了。

"等到野橘熟了，"尼尔斯说，"我就回来了！"

我和安妮相视而笑。尼尔斯的话说得多美啊。而当时的玛莎也很美，比路边那些结金黄果实的野橘树更美，性子更野，我想。

我们的队伍过了驼峰的时候，我还想着这茬事儿。我们长长的队伍向南开拔，向纳塔尔前进，那里有其他的民兵突击队，那里有马朱巴山。

这就是在布龙克霍斯特干河的那场战役，以及英国总司令科利将军指挥的那场朗峡战役。你一定听过不少关于这场战争的传闻，有些可能所言不虚。可有件事很怪：人越上了年纪，越是回忆他一生所经历的战争，他就越容易想起那些自己曾经杀过的敌人，每年都想。

克拉斯·尤伊斯就是这样。每年他生日那天，他都会想起一两个当年杀死的英军。想到这里他就站起身，在木枪管上再刻几个记号。他说，时间越久，记得越清楚。

我在突击队的时候只收到过一封信，是我姐姐安妮写来的。她叮嘱我别逞英雄，一定要离英国人远一点，特别是拿枪的英国人。她还让我一定要记住自己是个白人，要是有什么危险的任务，一定打发个黑奴去干。

安妮的信里唠唠叨叨说了好些，但其实我根本不需要她叮嘱。我们的指挥官坚信上帝，诡计多端。躲开敌人火力范围这些事儿，他比安妮懂得多。

安妮在信的末尾还提到一件事：她跟玛莎去找

巫医占卜了，想知道我跟尼尔斯的情况。要是当时我在家，我肯定不会让她去听信这些胡说八道。

特别是巫医跟她说的那一句："是的，姑娘，我能看到夏尔克·洛伦斯先生，他会平安归来。夏尔克先生很聪明，他躲在大石头后面，用棕色的脏毯子盖着脑袋。等仗打完了，彻底打完了他才会出来。"

安妮的信上还转述了巫医别的一些话，在这儿我就不重复了。我想大家已经明白这个黑人巫医有多无赖了。他不光利用女孩的单纯和轻信，还拿一个为民族自由而战斗的布尔青年来取笑。

还有，安妮信上说，她马上就能肯定巫医说的正是我，因为巫医说到了那条破毯子。

这巫医对玛莎说："等下回野橘熟了，尼尔斯先生就会来找你的，姑娘。太阳落山的时候，他会回来的。"

关于尼尔斯，他就说了这些。我看这话也没什么大不了的，跟兵团出发那天尼尔斯自己说的一模一样，除了太阳落山的话以外，我觉得这巫医可能忙着编排那些胡话来中伤我，顾不上管尼尔斯的事了。

但我没跟尼尔斯提过这封信。因为他可能想知道更多，而有些我并不想让他知道，甚至连玛莎也未必愿意告诉他——那个野性子的玛莎。

最后，战争终于结束了，天空又飘起了德兰士瓦共和国的四色旗，各路兵团纷纷回家。我们的将领又开始吵吵谁来做总统。所见之处，除了山坡平原上多了几座孤坟，一切都回到了英国总督谢普斯通治下的老样子。

天快擦黑的时候，我们这支小小的队伍开过驼峰，又一次停在官邸前。通讯兵提前把我们胜利回来的消息传了出去，妇女老幼聚集在这里欢迎他们的同胞凯旋归来。当我们唱到"万岁！民兵！"时，许多人都热泪盈眶。

这时候野橘熟了，黄澄澄地挂在树上。

薄暮中，尼尔斯找到了玛莎，吻了吻她。果然是太阳落山的时分，和巫医说得一模一样。但是有件很要紧的事巫医却没说到，这事当时尼尔斯也不知情。那就是：野性子的玛莎已经不想要他了。

贝专纳小插曲

我最后一次见到莉娜·文特尔的时候（夏尔克·洛伦斯大叔讲道），是在科多士兰，她正坐在她父母农庄的客厅里，在吸墨纸上画小圈圈。我不知道该替他们当中的哪一个难过，是莉娜，是约翰尼·德克勒克，是格特·奥斯修斯，还是那个拉莫茨瓦的黑人校长。

当然，在纸上画圈圈这点本事，莉娜是跟约翰尼学来的，就是那个年轻的保险员。他第一次拜访文特尔一家时，她就开始盯着他看，十分专注。这个年轻人在马里科有一阵子了，但这是他第一次来科多士兰。他穿着蓝色套装——短款外套配阔腿裤，看起来风度优雅。他坐在一大堆打印的文件面前，大谈买保险的好处，边讲边在吸墨纸文件上画了一大堆小圈圈。

那时我赶着骡车准备去贝专纳保护地。路上停在了皮特·文特尔家，一来喝杯咖啡，二来顺便问他要不要我替他从拉莫茨瓦的印度店铺里捎点东西。但是他说不用。

"你不要一桶洗牲口的药液吗?"我提醒他,想起他还欠着我整整五加仑的药液呢!

"不用,"他答道,"我现在用不着买药液。"

"要不我替你订几捆刺钢丝。"我又出了个主意。这一回我想起来,他向我借过刺钢丝,用在他家的新羊圈上了。

"不用了,谢谢你,"他礼貌地说,"我也用不着刺钢丝。"

皮特就是这么可笑的一个人。

我正打算走,约翰尼进来了。他穿着蓝色套装,浅色毡帽,尖头皮鞋,看上去英俊潇洒。他先是自我介绍了一番,然后我们都坐下聊起天来,气氛很热络。没一会儿,约翰尼拿出一堆保单,开始向皮特推销一单一千镑的保险。他边讲边不时拿眼瞅瞅我,那眼神使我感到,我在那里碍了他的事,有我这个外人在,他没法尽情施展口才。

于是,我点起了烟斗,准备多待会儿。

我注意到,莉娜一直在客厅里进进出出,举止轻快,眼睛亮闪闪的,还红着个脸。我还注意到,约翰尼来了没一会儿，她就进了卧室，几分钟后再出来时，已经换了一条新的粉色连衣裙。莉娜很美，随便哪个男人，要是知道莉娜为了自己跑回卧室换上新买的粉裙子，肯定会感到无上荣幸。莉娜长着乌黑的秀发和深色眼睛，一笑起来，露出一口洁白的牙齿。

她对这个年轻的保险员突然有了兴趣，我感到很惊讶，因为全马里科镇都知道，奥斯修斯家的格特正在向莉娜求婚。

但约翰尼似乎根本就没注意到莉娜羞怯的样子和她的新裙子，他对这些事情似乎很木讷。一个年轻姑娘煞费苦心去吸引一个男人，对方却全然无感，这事儿似乎有些不大对头。也因为这个，约翰尼跟皮特说话的时候我一直坐着没走。当约翰尼跟皮特说起该交多少钱的保险金时，我还故意咳嗽了一两声。

在吸墨纸保险单上填满了小圈圈时，约翰尼不说话了，开始整理油印的文件。

"皮特大叔，我已经跟你说清楚了为什么你得买这份一千镑的保险，"约翰尼说，"你就赶快签了吧。"

皮特摇了摇头。

"不，我不想买。"他说。

"可你必须得买，"约翰尼连头都没顾上抬，只往莉娜那边挥了挥手，接着说，"就为了你老婆，你也得买。"

"那不是我老婆，是我女儿，莉娜。我老婆到济勒斯特看她妹妹去了。"皮特答道。

"哦，那为了你老婆和你女儿莉娜，你更得买了，"约翰尼说，"再说，我已经在这儿跟你说了一个小时了。要是再说一个小时，我就得叫你签两千镑保费的单子了。"

这下皮特吓坏了，也不再啰嗦了。他脱了外套，痛痛快快地把申请表签了。完后他抹了抹额头，从他的动作我能看出，这件事这么简单就能了结，皮特还很庆幸呢。我觉得约翰尼能及时地出言警告，还真是会替人着想。要是遇上个不厚道的保险员，会在这儿一坐就是两个小时，然后从容不迫地填好一张两千镑的保险单。这种不厚道的保险员我见得多了，所以遇上一个厚道的保险员这样卖保险，对我来说算是件好事。

约翰尼带着他的文件走了，说他会再次拜访。

很快我也要走了。

"顺便问一下，"我边说边拿起帽子，"你要不要我从拉莫茨瓦再订一根车辕给你，有两根车辕总是有用的。"

皮特认真想了想。

"不用了，夏尔克，"他慢吞吞地说，"我要是有了多余的车辕，就总有人来借。"

我往骡车走去，很是叹服皮特这一番高见。

我解开前轮的缰绳，正准备上路，忽然听到一阵轻轻的脚步穿过草地。我四下看了看，是莉娜。她跑起来很美，眼睛忽闪忽闪的，黑色秀发在风中飞舞。

她跑得很快，张着嘴气喘吁吁的。阳光照耀下，她那细碎的牙齿显得特别白。

刚见到我，莉娜累得说不出话，往骡车上一靠，大口喘着粗气。我很庆幸，她还没想靠在骡子身上。

终于，她开口了。

"我刚想起来，夏尔克大叔，"她说，"我家的吸墨纸刚用完，你能帮忙从拉莫茨瓦捎些回来吗？"

"哦，当然行了，莉娜，"我回答，"那还用说吗，吸墨纸，嗯，行，当然没问题！吸墨纸……"

我假装满口答应，就好像她要的东西稀松平常似的。我还跟她说了些别的话，比方才说得更圆滑了。

听我这么说，她笑了笑。走在去往拉莫茨瓦的路上，我老在想莉娜的笑容，她笑得有几分心神不宁。

我到印度店铺的时候，打马里科镇来的农民三五成群，正在附近闲逛。买完东西后，这些人谈谈政治局势，聊聊玉米收成，说说瘟疫，借此打发时光。他们站着聊天，好让骡子休息一下。有时候，骡子在太阳底下晒太久，都中暑了，它们的主人还在一旁聊天。

我要了我的货，印度老板记在本子上，然后就叫一个黑奴给我装车。

"顺便问一下，"我清了下嗓子，假装刚想起来的样子，"我还想要些吸墨纸，六张就够了。"

印度老板盯着我，郑重其事地反复点点头。从那表情我就知道，这印度人压根不知道吸墨纸是什么。我花了半个小时给他解释一番，最后他还是说他店里没有，不过要是我愿意，他可以给我从英国订一些过来。就这会儿工夫，那几个多事的农民，也听到了我想要什么。他们开始说三道四，那些话在贝专纳保护地听起来很好笑。

一个农民说，夏尔克·劳伦斯开始赶时髦了，下次他没准就要订硬领和领带了。

另一个农民接着说："最后一次用吸墨纸的布尔人是彼得·雷蒂夫，那是他跟丁冈签订条约的时候。"[1]

他们百无聊赖地笑了又笑，一直笑到我赶车离开。莉娜那么好的姑娘，在其他事上都那么通情达

---

1 彼得·雷蒂夫为法裔布尔人领袖，19世纪30年代为摆脱英国控制，曾率领布尔人大规模向纳塔尔迁徙。1837年10月，彼得·雷蒂夫和祖鲁人国王丁冈签订《彼得·雷蒂夫-丁冈协议》，划定纳塔尔区域为布尔人家园。但丁冈事后反悔，设计将彼得·雷蒂夫及其部下全部打死，短暂的布尔人共和国纳塔尔最终仍被英国吞并。而贝专纳保护地隶属英国，保护黑人土著免受布尔人劫掠。在英属保护地贝专纳谈论布尔领袖试图独立于英国但未竟大业，具有讽刺意味。

理，却让我陷入如此尴尬的境地，想到这我心里充满怨恨。

我穿过贝专纳边境回去的时候要经过贝专纳小学。在那里，我总算弄到了吸墨纸，从一个黑人校长那里弄到了几张。我是拿半罐车轴上用的黑色润滑剂跟他换来的。他说他要用这黑色润滑剂来抹头发，我一听就感觉这校长可能没念过多少书。

我带着吸墨纸回到了科多士兰，并没有跟别人提是怎么弄来的。拉莫茨瓦的黑人校长向我打听了不少关于约翰尼先生的事儿，我也自然没跟人说。我没必要叫他们知道，因为我明白，那校长跟我说的都是真的，到时一切自会见分晓。

接下来好几个礼拜，我都没怎么见到皮特和莉娜。但是我听说约翰尼还在这一带走乡串户地卖保险。我还听说他去皮特家已经成了习惯，惹得格特很恼火，因为他已经跟莉娜订了婚。

日子就这样一天天平静地过去了，马里科镇的日子总是这样平静。

我隔三岔五地会隐隐约约听到一些闲话，说是约翰尼老是跟莉娜见面，还说格特对这事儿越发忿忿不平。因为这些闲言碎语，我一直躲着不去科多士兰。我明白，要是我见了皮特·文特尔的面，我就有责任告诉他全部实情。但不知为什么，我不愿意如实相告。

旱季过后，雨水来了，水坝里涨满了水。终于有一天，整个马里科镇都知道了约翰尼的这点底细。真相大白以后不久，我才去了科多士兰，再次见到了皮特。

那段时间，约翰尼的日子很不好过。那个糊里糊涂的黑人校长把保险员看成自己的女婿，在这一点上大伙儿发现他并没有错，所以约翰尼再来找莉娜的时候，早有一帮农民在那里候着他了。他们把约翰尼扔到了涨满雨水的水坝里。等约翰尼爬出来时，他的蓝色套装满是泥污，那顶浅色帽子还漂在水上。

约翰尼就这样离开了马里科镇。没有人确切知道他去了哪里，是回了他老家比勒陀利亚，还是滚回了拉莫茨瓦的贝专纳小窝棚。那天有个农民踹他的时候，说叫他滚回贝专纳小窝棚去。

我最后一次见到莉娜，是在她父亲家的客厅

里，当时她马上就要嫁给格特了。格特·奥斯修斯跟她说尽了痴心话，情深意切的。但大多数时候，莉娜都别着脸坐在那里，黑黑的眼睛里流露出漫不经心的神气，一面不停手地在吸墨纸上画着小圈圈。

褐色的曼巴蛇

"上帝啊，吓死人了，"亨德里克·范·贾斯维尔德惊呼道，"想想看，很有可能咬的是我啊。"

他手卷成喇叭状放在嘴边喊人。没几分钟，皮特·厄伊斯就拿着把毛瑟枪，从一堆白荆棘灌丛中出现了。

"怎么了，亨德里克？"皮特问。但已经用不着回答了，因为那具尸体正躺在牛车旁。

"是曼巴蛇？"皮特问。

"褐色的曼巴蛇。"亨德里克回答。

两人脱帽默哀。这事已无可挽回了。在马里科地区，褐色的曼巴蛇和死亡是同义词。大家都知道，死亡面前，谁都无能为力。

要是被宽头眼镜蛇、鼓腹巨蝰或者粗皮小眼镜蛇咬伤，有把利刃或者高锰酸盐晶体几乎都能有效治疗。但是被曼巴蛇咬伤就不一样了。只能遵从上帝的旨意，在挖开的墓穴上为他祷告，唱赞美诗，再用红土把坟坑盖上。

为了躲旱灾，亨德里克和皮特从施瓦泽尔-雷内克一路艰苦跋涉而来。他们赶着车和畜群，穿过了北德兰士瓦，到了达沃斯伯格山脚下，这里有一片大草原。

他们在这里卸下车马待了几个星期了，除了在平原上射射跳羚也没什么好干的。可眼下，他们得着手埋掉这个放牛的卡菲尔黑奴。

黑奴们挖坟的时候，两个白人一直站在边上。亨德里克跟两个黑奴开始用一张旧毯子裹尸身。他们干起来笨手笨脚的，因为他们对这抬埋人的活计都很外行。这放牛人死的时候，左手压在右胳肢窝下面，试图减轻被咬伤的手指的疼痛。

他们搬动尸身时，死人的手僵直地甩到大腿上。亨德里克忙掉过头去，但是在这之前他还是看到了那只死人的手。曼巴蛇的毒牙把它咬得面目全非，让人触目惊心。

"没错，人们都说最怕蛇咬的地方就是手，"皮特站在离这边有几步远的地方，漫不经心地说，"手或者脸，人们说要是被曼巴蛇咬到了手，还没等倒地人就死了。"

在亨德里克听来，这伙计的话说得又冷酷又刺耳。他真希望皮特能把嘴闭上，像那些黑奴一样。至少黑奴还知道，死亡是件庄严的事，草原也知道。因为草原一片寂静，死一样寂静。每逢丧葬，草原上总是这样，一片死寂。

突然，亨德里克害怕起来。这是一种模模糊糊的恐惧感，他自己也理解不了。但是这种恐惧感让他觉得很孤独。似乎这天地间只剩下了他和这死去的放牛人了，只有他和这具尸身在一起独处。不知怎的，皮特和那几个黑奴与他似乎隔膜了起来。他记得这种感觉他以前有过一次，当时他射杀了一只鹿，就是这种感觉。

那一回，他掏掉鹿的内脏，把两只鹿腿绑在一起，准备扛在肩上往家背。就在这时，他第一次有了这种奇怪的感觉，似乎他跟那头死鹿有种奇怪的亲近和默契。眼下，他站在放牛人的尸身跟前，准备把他放进坟坑下葬的时候，那种与死亡为伍的奇怪感觉又回来了，让人毛骨悚然。

在热带炙热的正午时分，亨德里克却打了个

寒战。

皮特又开始讲话了。

"你看到那条曼巴蛇了吗?"

"嗯。"亨德里克简短地答道。

"那他看到了吗?"皮特又问。

"没有。"亨德里克回答。

亨德里克注意到,皮特说起那个放牛人的时候,尽量避免叫他的名字。这些事儿真是没法解释,亨德里克心里琢磨。人一死,人们再提起他的时候就不敢直呼其名了。真是件咄咄怪事。

"那就对了,一般都是这样的。"皮特说。亨德里克听了心里一惊,虽然皮特接下来的话并没怎么打断他的思路,可他还是觉得心神不宁。

"没错,"皮特继续说,"人们常说,要是被曼巴蛇咬了,还没等看到蛇人就死了。还没等你反应过来,蛇就钻进你身后的草丛里,跑没影了。整个过程来得太快了。"

亨德里克没答话。不知为什么,他不愿让皮特知道他理解和分析的都对,以免他自以为是。可实际上也就是这么回事。当时放牛的正朝着牛车走去，突然就喊了一声，声音不是很大。紧接着，亨德里克就看到褐色的圈状物闪电般地消失在草丛中，放牛的随后倒在牛车旁，缩成一团痛苦地痉挛着。在亨德里克的脑海中，还能看到阳光照在光滑的褐色蛇身上发出的点点光亮。

"人们还说……"皮特继续说。

但是亨德里克打断了他。

他不喜欢皮特说这种事时那麻木不仁的口气。好像有人被蛇咬了，没来得及跟上帝言和，就死在自己在眼前，不过是稀松平常的事。

两个白人站在墓穴的一头，黑奴们挨挨挤挤地缩在另一头。大家都摘了帽子。皮特的祷告很快就结束了。

"阿门。"皮特祷告一结束，亨德里克跟着祝祷。

"阿门。"黑奴们也自觉地跟着祝祷。他们不熟悉白人的葬礼仪式。他们是贝专纳人，丧葬仪式不一样。

"不管怎样，他是个善良的卡菲尔人，"皮特边说，边往墓穴里扔了一抔土，"我们也给他唱首赞美诗吧，就唱《我的灵魂安息》吧！"

于是，两个白人就开始唱这首荷兰新教的教堂圣歌，黑奴们尽力跟着唱。

然后，坟坑上填了土，葬礼就结束了。

雨季就要来了，这意味着施瓦泽尔-雷内克的旱季快结束了，亨德里克很高兴。到时候他们就能套上车，赶着牛群回家了。只跟皮特和黑奴一起在草原上混终究不是长久之计，他需要有人陪伴。

这么长时间只能跟一个白人聊天，很不好过，特别是这唯一的白人还是皮特·厄伊斯。皮特老说蠢话。比如葬礼之后，他说："你知道啊，亨德里克，人们都说，闪电不会两次击中同一个地方。曼巴蛇也一样，不会在同一个地方咬人两次。"

说着皮特还拍拍亨德里克的肩膀，想等他附和一下这个笑话，什么笑话都无所谓。

"这话说得还不错吧？亨德里克，我自己想出来的！"皮特说。

"我希望在你想好下一个笑话之前，我们已经回到施瓦泽尔-雷内克了。"亨德里克说。看到皮特诧异地看着他，他又赶紧补充道："我的意思是说，到那里你就能讲给更多人听了。"

"我明白了。"皮特回答，然后转身走了。

打这以后，这两人的关系变得紧张起来。

皮特到丛林里打猎去了，亨德里克乐得自己一个人待着。他坐在一棵放倒的树干上，心不在焉地盯着皮特离去的方向。

忽然传来一声来复枪响，在大草原的悬崖间回荡。亨德里克知道不会再有枪声了。这就是皮特打猎的风格，他会耐心地偷偷追踪一头雄鹿，一追就是几个小时，不到万无一失他是不会开枪的。皮特吹牛说，他打猎的时候，毛瑟枪里只装一发子弹。他要么带回来一头公鹿，要么带回那颗没发射的子弹。

根据枪声的距离，亨德里克判断皮特很快就会回来。他并不觉得这有什么值得高兴。坐在被白蚁蛀空的树干上，一个人晒晒太阳，他感觉很受用。

他想象着皮特如何俯视着打死的雄鹿，用猎刀削着尚有余温的鹿肉，正想的时候，亨德里克突然意识到，那种与死亡的亲近感又重新控制了他——

在草原上掏出鹿内脏的时候，在葬礼上用毯子包裹放牛人尸体的时候，就是这样一种感觉。

他吓得魂不附体。

他四处望了望，哪怕能看到一个黑奴，他都能觉得好受一点。但他想起来，黑奴都出去放牛了。他浑身颤抖，心想，马里科真不是个人待的地方。这里只有太阳、石头和荆棘树。真是让人抓狂！除了荆棘、石头、太阳，再什么都没了。偶尔来这里看看还行，但是没必要待久了。必须得有伴儿，必须得有个和皮特不一样的伴儿。

他想起了皮特，想象他正背着雄鹿，穿过灌木丛往回走，一步步越走越近。行啦，有皮特陪着也比这强烈的孤独感好多了。他凝视着远处的灌木丛，要不了多久皮特就会回来了。

但是还有皮特背在身上的那头鹿。亨德里克拿定主意，他要试着跟皮特说说这时不时困扰着他的奇怪感觉。没准皮特能理解呢，说不定他也有同样奇怪的感觉呢。

就这样，等皮特回来，就跟他说说。

没过多久，皮特回来了。亨德里克看着他从树丛间穿过来。他摘下帽子挥了挥。皮特也向他挥挥帽子。突然之间，亨德里克感觉左手一阵剧痛。他看到皮特扔下枪和鹿向他跑过来。亨德里克从树干上掉了下来，手紧紧地夹在胳肢窝底下，在草地上滚来滚去。

过了一会儿，他停下不动了。他的腿蹬在蚂蚁窝上，头栽在草地上一个小坑里。这样躺着真奇怪，亨德里克心想。但是更奇怪的是，之前传遍全身的剧痛，居然消失了。他想起来，他的手还夹在胳肢窝下，他想抽出来看看哪里受伤了。

但是，他的手动不了了。真邪乎。他想坐起来，但也坐不起来了。

"皮特。"他想喊皮特，但是嘴唇动不了，发不出声音来。

这真是邪乎了，亨德里克心想。

接着，皮特走上前来，慢慢地摘下了帽子，亨德里克就明白了。

"上帝啊，吓死人了！"皮特说，"差一点儿咬的就是我啊。"

蓝桉树下的梦

正是晌午最热的时候（夏尔克·洛伦斯大叔讲道），路边长了一片高大的蓝桉树，能在这树荫下歇歇，我和阿德里安·诺德很高兴。

我坐在草地上，头和肩膀靠着块大石头。阿德里安叉着腿、枕着手，胳膊肘朝外，靠着树干坐着，但坐了没一会儿就开始慢慢地往下溜。他坐直了一小会儿，然后叹了口气，又开始往前溜了，溜得小心翼翼的，最后整个人四仰八叉地躺在了草地上，脸都被草挡住了。

这中间，阿德里安一直咕哝着，抱怨卡菲尔人有多懒，说乔纳斯早该赶着骡车回来了，还说要想把事办好，非得自己动手不可。我觉着阿德里安说得对，乔纳斯赶车出去是太久了，他应该很快就回来了，我说。

"这就是德兰士瓦的灾难，"阿德里安一面解释，一面在草地上舒展四肢打了个呵欠，"德兰士瓦的灾难就是这帮懒骨头的卡菲尔黑奴。"

"是啊，阿德里安老兄，"我说，"你说得对，要是我们俩有一个随车跟着乔纳斯一起去就好多了。"

"你还不错，夏尔克老兄，"阿德里安又打了个哈欠继续说，"你找了块最舒服的大石头，头和胳膊都有地方靠着休息。可我呢，只能平躺在干草地上，这么多尖刺扎着我。你老这样，夏尔克老兄，有好事都是你占先。"

他能把话说得这样不讲理，我觉得他应该是困得不行了。

"你老这样，"阿德里安继续说，"在这一点上是你做人不好。有啥好事都是你占先。就说在济勒斯特那次。人们一说起人有多差劲时，都会提到这件事。"

我觉得，在这酷热难当的正午，他又半睡半醒的，没准会说出啥话，日后难免后悔。为了他好，我很真诚地打断了他。

"你说得没错，阿德里安老兄，"我说，"这附近就这一块石头，是我靠着了。但这事不由我，就好比这蓝桉树长在这里也不由我。别处都光秃秃的，只有这些蓝桉树这样长在路边上，这不奇怪吗。我还在琢磨是谁栽的呢。要说这石头嘛，阿德里安老兄，是我先看到的。这不是我的错，只是运气比较好而已。但是你可以在上边磕烟斗啊，只要你想，什么时候都行。"

阿德里安对这主意似乎挺满意。不管怎样，他不再追究这事了。我注意到，他的呼吸变得深长、缓慢而又平稳。他最后一句话说得含含糊糊，几乎听不清楚，"想想吧，一个白人能堕落到这步田地"。

听他这话我就知道，阿德里安是梦到什么了。

正午过后，蓝桉树荫慢慢拉长了，坐在这路边蓝桉树下的枯草上很是惬意。周围没有任何声音，也听不到任何动静。蓝桉树投下一片静谧的树荫，僻静的路上尘埃也在沉默，整个世界都休眠了。我同伴平稳的呼吸似乎是从很远的地方传来的。

就在这时，发生了一件怪事。

我下面要讲到的故事有两点最值得注意：第一，它能清楚地说明梦有多短暂，而在那么短暂的瞬间能梦到多么丰富的东西；第二，等我讲到末尾的时候，你就知道，这故事证明了青天白日之下会发生多么诡异的事情，而且几乎就发生在你眼前。以后你可能总想弄明白这件事，但你永远理解不了。

我前面讲过，阿德里安躺在离我不远的地方睡着了，周围很安静，我也快要睡着了。正在这时，我突然看到了我跟阿德里安正盼的那辆骡车，它还离我们很远，小得几乎看不清轮廓。从我头靠石头躺着的地方，我能清楚地看到那条路一直延伸，直到消失在山丘后头。

我就这么躺着，看着骡车慢慢驶近。我前面说过，它离我们还远。但慢慢地越走越近，我也能看清些细节了：骡子深色的轮廓，还有赶车的黑奴乔纳斯模糊的身影。

我盯着骡车，感觉眼皮越来越重。我心里清楚，有这刺眼的阳光照着，我清醒不了多久。我还记得当时自己在想些什么：骡车已经没多远了，这时候睡觉太蠢。因为车眼看就要停了，到时候我就得起来。明知道这时候睡觉很蠢——可是，当然，我还是睡着了。

就这样，我一面琢磨着骡车马上就要停在这桉树荫下了，一面就合上眼睡着了。然后我就开始做梦。听我一讲你就明白，梦来得有多快，一合眼的工夫就能梦到多少东西。

　　因为我知道我具体是从什么时候开始做梦的。就在我聚精会神地盯着赶骡车的车夫时，我突然大吃一惊，因为我突然发现，赶车的不是卡菲尔黑奴乔纳斯，而是阿德里安，他身旁坐着一位穿白袍子的姑娘，一头金黄的秀发散落在肩膀上。这姑娘的名字叫弗郎西娜。接下来，我就看到骡车停下来，乔纳斯跳下车，把缰绳绑在车轮上。

　　而就在这之间，就在那稍纵即逝的一瞬间，我梦到了阿德里安和弗郎西娜。

　　"真叫人不敢相信啊，弗郎西娜，"阿德里安一面说，一面朝我这头点点头，"真叫人不敢相信，一个白人能堕落到这步田地。要是我告诉你在济勒斯特发生的事……"

　　这时候我是真的恼了。弗郎西娜毕竟是个彻头彻尾的外人，阿德里安没权利这样中伤我。再说，济勒斯特发生的事我三言两语就能解释清楚。我觉得只要让我跟弗郎西娜单独待上几分钟，我保证让她相信，济勒斯特发生的事丝毫无毁于我的名誉。

不仅如此，我还能告诉她阿德里安干下的那两件事，这些事龌龊不堪，会让她觉得济勒斯特发生的事根本是小菜一碟。因为，有阿德里安这种人做陪衬，多龌龊的人渣都能显得崇高伟大，跟教科书里舍己救人的英雄沃瑞德·沃特梅德一个样。

但刚开始跟弗郎西娜说话，我就意识到我啥话都不需要说。她手搁在我胳膊上望着我，阳光洒在她的秀发上，树荫在她的眸子里闪烁。她冲我一笑，我就觉得，阿德里安说什么都改变不了她对我的心意。

而且，阿德里安早就走了。你们知道，梦就是这样。他完全消失了，路边只剩下我和弗郎西娜。我知道阿德里安不会再来碍事了，他来的目的就是把弗兰西娜送到我身边。但是，不知怎的，他的离去总让我觉得心有不甘。这似乎有点太便宜他了。阿德里安干下的事，我觉得弗郎西娜必须知道。

就在这时，一切都变了，变得很突然。我似乎也知道，这只是一个梦，我其实并没有跟弗兰西娜一起站在桉树下。我似乎也知道，我其实只是在草地上休息，头和肩膀还靠在大石头上。我甚至还听得到骡车在凹凸不平的道路上颠簸的声音。

可接下来，我又继续做我的梦了。

我梦到弗兰西娜柔声细语、悲悲切切地跟我解释说，她不能再继续待在这里了，她这是最后一次把手放在我胳膊上，算是跟我告个别。她说我不能跟着她走，而且她转身离开时我得闭上眼睛，因为她从哪里来不能有人知道。

她说话的时候，我的目光落在她的袍子上。阳光照耀下，那长袍华美炫目，就是样式有点老旧，是好多年前的款式了。同时我也看清了她的脸。不知怎的，我觉着她的笑容似乎也有些老旧。她笑得很甜，她扬起的脸庞有种怪异的美。可奇怪的是，我总觉得，很久以前的女人才会那样笑。

这个梦生动逼真，有些地方比现实本身还要真切。在草原酷热难耐的正午时分，做个稍纵即逝的梦总是这么真切。

我问弗郎西娜住在哪里。

"离这儿不远，"她回答，"不远。但是你不能

123

跟着我，谁都不能跟我回去。"

她依然笑着，还是很久以前的女人才有的那种笑，但她说话时的眼神极度伤感，使我不敢追问。当她要我闭上眼睛时，我更是无力拒绝。

当然，我并没有闭上眼睛。恰恰相反，我睁开了眼睛。这时候，乔纳斯正跳下骡车往车轮上拴缰绳。

阿德里安几乎和我同时醒来，他问乔纳斯为什么去了这么久，然后又开始抱怨黑奴们如何懒惰。我从草地上站起来，舒展了一下四肢，对那个梦意犹未尽。就在这短短一瞬间，我居然梦到了那么多东西，真是不可思议。

这梦就这么结束了，我心中忽然涌起一阵莫名的伤感，我感到一阵深深的失落。

我思忖着，为一个梦这样失魂落魄实在太傻，尽管这个梦特别的真切，尽管有些地方比现实生活更加真切。

然后我们准备上路，阿德里安拿出了他的烟斗。我俩睡着之前，我请他在石头上磕烟斗，这会儿他装烟草之前，弓下身子准备磕磕烟灰。可实际呢，他并没有在这石头上磕烟斗。

"有点意思。"我听到阿德里安弓着身子说。

我这才看明白他忙活什么，就跪下来帮他。我们把大石头脚下堆积多年的残枝败叶都清理干净以后，发现石头上刻着些字迹，尽管有些破败，但还可以辨认。碑文很简单。石头上刻着一个日期，日期下面刻着一个名字：弗郎西娜·马勒布。

留声机

"克瑞斯简·莱蒙干的那事真是吓人,"夏尔克·劳伦斯大叔讲道,"当然,那事对我来说已经很可怕了,但对克瑞斯简来说更是恐怖。"

我清楚记得那事发生的时间,因为那时候马里科灌木草原第一次有了留声机。克瑞斯简从一个来自比勒陀利亚的犹太贩子那里买了这机子。这事仔细想想会觉得很有意思。凡是我们布尔人不想要的东西,犹太人准定会捎来,而且我们也准定会买。

我记得一个犹太人曾经来到我家,带来一块注满了银色物体的空心玻璃制品,惹得我好一阵笑。那个犹太人对我说,玻璃里的银色物体会上下移动,能告诉人是冷是热。当然,我说这都是胡说八道。我自己知道啥时候冷得该穿羊毛衬衫和夹克,不用看那根玻璃柱子就知道。我也知道啥时候天热得干不了活——马里科灌木草原的这一带,冷热几乎长年如此。可到最后我还是买了这玩意儿。自从小安妮用它搅了咖啡之后,这东西就不像从前那么灵光了。

总之，哪怕犹太贩子给我们带来了瘟疫，我们还是会买下来，先付第一大笔钱，等到牛都死光了再付剩下的。

因此，当一名犹太贩子向克瑞斯简·莱蒙推销一台二手留声机的时候，他卖掉了几头羊，买下了那东西。方圆几英里的居民都跑来听它说话。有了这台机器克瑞斯简很是得意，每当他摇动手柄并插进那根小尖针时，就像小孩子发现了新玩具一样兴奋。跑来听新鲜的人们都说，人完全被魔鬼迷了心窍时才能想到造出这么多奇妙的玩意，真是了不起啊。他们还说，魔鬼就算一无是处，至少也很有头脑。我也觉得留声机是好东西，不是因为它能讲话，而是因为人们愿意听它讲一些七岁小孩都能讲得一样好的东西。留声机播放的大部分是英文歌曲，但也有一首布尔歌曲《让我一个人醉》，克瑞斯简经常放这首歌。圆唱片里的人唱得非常动听，只是听他的发音，就像个德国人想把"让我一个人醉"唱出英语味。我觉得这跟红脖子[1]一个德性。

1　原文为 the rooineks，指英国人。

红脖子先是强占了我们的国家，治理我们的国家也比我们更有能耐，现在又想要改善我们的语言。

人们很爱说道克瑞斯简·莱蒙的留声机，但人们更爱说道他跟他老婆之间的不和睦。克瑞斯简三十五岁上下，魁梧强壮，举手投足都看得到他衬衫下凸起的肩部肌肉。他的脾气也是好得惊人，很少为什么事发火。大干旱季节，他给牲口抽一整天的水，有时赶上水泵坏了，他的牛就无水可饮。可即使遇上这样的事，他也只是回到屋里点上烟，说这是上帝的旨意。他还说水泵坏了也无所谓，因为上帝要是想让牛有水喝的话，也就不会有大干旱了。克瑞斯简·莱蒙就是这样一个人。要不是第二天下了雨，他也绝不会派人再去看水泵。但这雨一下，他就会认为这是上帝想让他明白大干旱已经结束了。可一旦有什么事真惹恼了他，他就没那么好脾气了。

克瑞斯简·莱蒙的生活也有不尽如人意的地方，克瑞斯简和他的老婆苏珊娜永远无法和平相处，他们老是吵架。苏珊娜比克瑞斯简小很多，可她看起来并没有那么年轻。她身材娇小，肤色白皙，灌木草原的太阳也没怎么晒黑她，因为她总是戴着一顶帽檐很大的宽檐帽。每次出门的时候，她就会拉下帽子的褶边遮住上半边脸。她头发的颜色就像刚成熟的玉米穗。她行事安静，在人前很少说话，除非是说拉莫茨瓦的印度店主会将烤草根和咖啡掺在一起卖，要么就说骡车的辐条不喷水的话就会松动。

你们也看到了，她说的话要么人人皆知，要么毫无争议，即便是印度店主也不会对烤草根的说法有半点意见，因为他一清二楚：那还算是他咖啡中最好的部分呢。但就是这样安静随和，苏珊娜还是老是和丈夫吵架。这对她来讲显然很不明智，特别是克瑞斯简一向这样温和，除非有人故意冒犯他。那时他就没那么温和了。比方说有一回莫特莎卡菲尔黑人的族长在草原上遇到他，只对他说了声"早上好"，既没有从头上拿下豹皮，也没有称呼他为先生。结果那位族长拄了三个月的拐，那三个月间克瑞斯简支付了医药费，还被治安官罚了十英镑。

一天，我去克瑞斯简·莱蒙的农场借一捆电线来捆画眉草，他刚好去悬崖，想看看能不能打到鹿，苏珊娜一个人在家。我发现她刚刚哭过，于是我走过去，挨着她坐在双人椅上，握住她的手。

"别哭了，苏珊娜，"我说，"一切都会好起来的，你得学着体谅克瑞斯简，他就是那么个脾气，但人并不坏。"

刚一开始，我一提到克瑞斯简她就气得要命，直接叫我走人。后来她稍微冷静了一点，允许我靠近她，也允许我紧紧握着她的手。于是我就是用这种方式劝慰她。我本来可以更好地劝劝她，只是我不知道克瑞斯简会在悬崖待多久，而且我不喜欢莫特莎族长的那番遭遇。

我让她为我打开留声机，不是因为我想听，而是因为我得假装对朋友的爱物感兴趣，何况我还要向她借一捆电线用。就好比有人来我家串门时，让我的儿子威利背诵《圣经》篇章，我就知道他临走之前会问我这周用不用那台玉米播种机。

于是苏珊娜放上那张圆唱片，转动手柄，留声机便开始播放那首《让我一个人醉》。其实听不太清那个人在唱什么，不过这些我前面都说过。

苏珊娜边听边笑。有那么一刻，她不知怎的看上去比她丈夫年轻好多，也很美。但我注意到，歌曲结束的时候，她像是在哭。

后来克瑞斯简回来了，我很快就走了。但我已经听到他的脚步声沿着小路越走越近，所以就没有必要急着走了。

但在我临走时，苏珊娜端来了咖啡。是那种淡咖啡，不过我也没说什么。我这风度倒很像英国人，在他们所谓的礼节方面很像。我每次去陌生人家做客，他们给我端来很差的咖啡时，我并不会把它倒掉，对他们说"这东西卡菲尔黑人都不喝"。我一般都把它喝掉，从此再不去那家串门。但是克瑞斯简偏偏要提这事。

"喂，"他说，"咖啡冲得太淡了。"

"是淡了。"苏珊答道。

"太淡了。"他继续说。

"是太淡了。"她回答。

"你怎么总是……"克瑞斯简又开口了。

"啊，你去死吧。"苏珊娜说。

然后他们就吵上了，互相咒骂着，甚至都没有听到我出门之前依草原习俗说的"再见，愿主保佑我们"。

　　三个月之后一个漆黑的晚上，我又赶着骡车来到了克瑞斯简的家。第二天一大早我要拉一车玉米去济勒斯特，想要借克瑞斯简的帆布使使。还没走到一半路，下起了雨，大雨点纷纷砸在我脸上。湿树丛里传来诡异的风声。当我穿过山口，来到环绕着达沃斯伯格的官道时，那里看上去黑沉沉的。我联想到了死亡一类的东西，也想到了惨白怪异的鬼怪突然从身后扑来……我有些后悔，后悔没带一个卡菲尔黑人来。不是因为我不敢一个人，而是因为回来的时候，有个卡菲尔人还是很管用的，他能坐在骡车后面帮我照看帆布。

　　雨停了。

　　我来到了农场坟地，那里埋着莱蒙家族的成员，还有之前住在这里的其他家族成员，我知道快到克瑞斯简家了。我觉得，把坟地修得紧挨着官道太笨，看不出有什么好处。比如说，有些无知或迷信的人见了坟地会吓得哆嗦，特别是在一个风雨交加、骡车颠簸的黑夜。

　　我到的时候，莱蒙家屋里没开灯。我敲了很长时间，门才打开。克瑞斯简·莱蒙站在门廊上，头顶上举着一盏灯。他一开始看起来心神不定，等看清了来客是我，他才笑了起来。

"进来吧，夏尔克老兄，"他说，"你来了就好了，我正觉得有点孤单呢——你明白的，这风、这雨和……"

"但是你不是独自一人啊，"我说，"苏珊娜呢？"

"哦，苏珊娜回娘家了，"克瑞斯简说，"昨天就回去了。"

我们走进客厅，坐了下来。克瑞斯简点了根蜡烛，我们一边抽烟一边聊天。在夜色的映衬下，窗玻璃显得黑洞洞的，风呼啸着透过墙壁和茅屋顶的缝隙"呜呜"地吹进来，微弱的烛光闪闪烁烁，摇摆不定。老婆不在，克瑞斯简一人待在这样的屋子里，肯定闷闷不乐。他看上去六神无主、坐立不安的。我尽量跟他逗乐。

"你怎么了，克瑞斯简？"我问道，"你看上去一点儿不高兴，叫人觉得你还跟你老婆在一起呢。"

克瑞斯简突然放声大笑，可我真希望他不要

笑。他的笑声太大，大得听上去很不自然。不知怎的，我心底有种凉飕飕的感觉。屋外狂风大作，屋里一个男人放声大笑，这情形分外恐怖。

那时我自己已经会用留声机了。于是我打开了留声机，插上金属针。但为了方便操作，在这之前我把留声机从桌子上拿了下来，放在我椅子前面的地上。

苏珊娜不在，似乎总有些不大一样。她走得那么突然，我也觉得奇怪。可以肯定的是，克瑞斯简举止怪异，让我很不习惯。他心神不定，光点一根烟就划掉了一大堆火柴。屋外风一直猛烈地呼啸着。

留声机开始播放了。

唱片里放的是那首《让我一个人醉》。

我想到了苏珊娜，想到她三个月前听这首歌时的样子。我飞快地瞥了一眼克瑞斯简，他看到我的时候目光躲躲闪闪的。歌曲放完时我松了口气，克瑞斯简似乎也很释然。他对苏珊娜的态度似乎十分古怪。

之后我有了一种不祥的感觉。

你知道有时你也会有那样的感觉，而且你知道那感觉是千真万确的。

我趔趔趄趄站起身来，拿起了帽子。我看到客厅里放留声机的那块泥地明显被松动过，又被重新踏平了。蜡烛摇曳的烛光照在地上，也照在没有完全踏平的几块松土上。

我没有借帆布，直接赶着车回家了。

先知

不，我从没遇到过那个叫范·伦斯堡的先知，是他告诉肯特将军：反抗英国殖民统治的时候到了。大家都知道，肯特将军听从了他的建议。即便他们二人被关进了比勒陀利亚监狱，将军仍然对伦斯堡的预言深信不疑。

但我认识另一名先知，名叫伊拉姆斯，斯特凡努斯·伊拉姆斯。范·伦斯堡只是预言事情会如何发展，有时也会出错，而伊拉姆斯则不同，他会通过预言使事情成真。

你知道那意味着什么，而我最终却对伊拉姆斯的能量产生了怀疑。

很多人像范·伦斯堡一样，只会预测未来，可当你遇到一个真的可以创造未来的人时，你就不敢跟他开玩笑了。德罗达尔所有的农民谈起伊拉姆斯来都是十分尊敬的，即便他并不在场，听不到人们在议论他什么。因为只要你对他做出了一丁点不敬的评论，就会有人跑去告诉他。

我知道这些，是因为有次我在皮埃特·弗瑞尔家说过，我要是一位像斯特凡努斯·伊拉姆斯那样了不起的先知，就先替自己预言一双草靴，因为伊拉姆斯的草靴鞋面破了，两个鸡眼和一个嵌甲都看得见。这话说了不久，我的农场连续六个月灾难重重，六头最好的耕牛也染上瘟疫死掉了。所以我知道，弗瑞尔一定把我说的话告诉了先知。

　　在那之后，每次我想说伊拉姆斯的坏话时，就会跑到草原上说个痛快。你可以想象。那段时间我经常独自去草原。要忘掉那六头耕牛可不是件容易的事。

　　我不止一次希望伊拉姆斯也会劝肯特将军在合适的时候举兵起义，反击英国。不过以他的头脑，是不会这么做的。记得有一次，德沃斯堡校委会开会前，我们聚在一起，我问了他这个问题。

　　"斯特凡努斯大叔，你怎么看新轮税？"我问，"你不觉得布尔人应该举着枪、扛着旗，到济勒斯特的治安院前示威吗？"

　　伊拉姆斯只看了我一眼，我就心虚地垂下了眼睛，为刚才的口不择言后悔不迭。他的目光似乎能将我看穿。我觉得对他来说，我就像一只被射杀、开膛的羚羊，里面的心肋肝胃全部一览无余。和这样一个人坐着交谈可不是什么美事，因为他看你如同一只开膛的羚羊。

伊拉姆斯就这么继续盯着我，看得我心里害怕。要是一开始他就对我说："你知道，你就是一只开了膛的羚羊。"我肯定会回答说："你说得对，斯特凡努斯大叔，这我知道。"我能感觉到他有一种巨大的能量。虽然从外表看，他不过是个普通农民，留着黑胡子，长着黑眼睛，穿着破了鞋面的旧草靴。但是他的内心十分可怕，我不由担心我剩下的几头耕牛了。

这时候他终于发话了，话说得很慢，但充满智慧。

"在马弗京、兹沃祖艮和瑞斯米布也有治安院，"伊拉姆斯大叔说，"其实铁路旁的每个镇子上都有治安院，所有这些治安院都收轮税。"

那时我发现，他不仅拥有强大的内在能量，而且十分狡黠。他从不瞎猜，比如对一个陌生人说：

"你结过婚，有五个孩子，夹克口袋里有封信，是科拉德来的，信里叫你去当新教长老。"我见过不少所谓的算命人跟那些第一次见面的人这么说，赌自己算得准。

大家知道，能够未卜先知是件多么了不起的本事。我老琢磨这事，但我对这一行的了解我自己都说不清楚，可我知道这一行跟死亡有关。这点见识是我在马里科学到的，在别处是学不来的。只有当你有了足够的时间无所事事，一个劲地苦思冥想，盯着草原或几月看不见雨云的天空看了又看，你才能慢慢地理解这些事。

之后你就会知道，未卜先知、拥有能量并非难事，但也非常可怕。再之后你就知道，有些男人和女人不是凡俗之辈，比国王还要强大。因为国王的权力还有可能被人民夺走，但是先知永远不会失去他的能量，只要他是真正的先知。

最先是学校的孩子们在议论这事。我注意到，这些事往往是先从黑奴和孩子们那里传开的。

简短截说吧，一个卡菲尔老黑奴在去往拉莫茨瓦的路边落脚处住下了。没人知道他从哪里来。有人问起来，他才慢慢抬起胳膊，指指西面。西边什么都没有，只有喀拉哈里沙漠。从他的神色中，你很容易相信这老人在沙漠里住了一辈子，他干瘪的身体里总有些东西能让你想起大旱灾。

我们了解到，这卡菲尔人叫莫斯克，他用荆棘和盛玉米的旧袋子胡乱搭了一个落脚的地方，一个人住在里头。附近的黑人会给他捎来玉米和啤酒。可据他们说，莫斯克对这些小恩小惠并不领情。要是酒不够烈，他还会恶毒地咒骂为他捎酒的人。

我刚刚说过，是黑人先注意到莫斯克的。他们说他是个了不起的巫医，但之后白人也开始送礼物给他了。他们求他预测未来，有时候他会告诉他们想知道的答案。也有时候他态度傲慢，让他们去问斯特凡努斯·伊拉姆斯先生。

可以想象，这会激起多大的波澜。

一天下午，弗朗斯·斯坦因对我们说："是这样。我问这个黑人，我闺女是该立马嫁给戈特呢，还是该继续读高中、学英语呢，莫斯克说我应该去问斯特凡努斯先生。他原话是这样说的：'问他去吧，这对我来说太简单了。'"

打这以后，人们都说这个黑佬真是目中无人。斯特凡努斯用不着搭理他。

我仔细观察伊拉姆斯将如何回应，发现莫斯克的傲慢无礼使他大为火光。但凡有人对他说："斯特凡努斯大叔，您不用搭理莫斯克，他就是好吃懒做的老黑鬼。"谁都看得出来，他一听这话尤其火冒三丈。他怀疑别人说这话是跟他假意客套。从前怕你的人开始敷衍你了，还有什么比这更可气的呢。

这件事的结果是斯特凡努斯·伊拉姆斯登门造访了莫斯克住的落脚处。他说他要把莫斯克踢回喀拉哈里沙漠，叫他从哪儿来回哪儿去。现在看来，对斯特凡努斯来说，上莫斯克的门是大错特错，因为像他这样的先知大驾光临，只会使莫斯克格外面上有光。仆人应该先去拜访主人，这才永远是正理。

大家伙儿都跟着特凡努斯去见识这位先知莫斯克。

走在路上他发狠说："我非把他踹出去不可，

一直踹到济勒斯特去。黑奴在约翰内斯堡穿衬衣、打领结、走人行道、念报纸，这已经够糟的了。可我们不能让这事发生在马里科。"但我发现，我们虚张声势地要揭露莫斯克时，斯特凡努斯不知为啥更恼火了。但实际上不是这么回事，这只是伊拉姆斯个人和莫斯克的矛盾，跟我们根本毫无关系。

我们来到了那个落脚处。

莫斯克几乎没穿衣服，他背靠灌木坐在那里，佝偻着背，头几乎挨到了膝盖上。他身上布满皱纹，多得数也数不清，看上去世上再没有比他更苍老的老人了。可他佝偻的背却分明有种力道，我明白这是种什么力道。当时阳光照耀着他佝偻的后背和低垂前倾的头，我觉得他只需整天这样枯坐在这里，就可以成就经天纬地的大事业，强似那些整天劳碌不停、机关算尽的俗人。我觉得就算他枯坐在那里无所事事，也比总指挥官更有力量。

阳光、沙滩及青草似乎造就了他的全部，但他所拥有的胜过世上所有人的赐予。

能亲眼见识巫术大师们交手过招，我很兴奋。

斯特凡努斯·伊拉姆斯当然知道莫斯克是谁，但我不知道莫斯克是不是也听说过他，所以我为他们相互介绍了一下。事后人们笑我太一本正经，但这事在当时没什么可笑的。

"莫斯克，"我介绍说，"这是先知斯特凡努斯·伊拉姆斯先生。""斯特凡努斯大叔，这是巫医莫斯克。"莫斯克微微抬起眼，瞟了一眼伊拉姆斯。伊拉姆斯则直勾勾地瞪着他，像是要把他瞪得失了方寸。我知道斯特凡努斯·伊拉姆斯眼神的厉害，所以我很想知道接下来会发生什么。

莫斯克却再一次垂下了目光，看着地上的沙子。

我想起那天斯特凡努斯·伊拉姆斯也这么看着我，当时我觉着在他面前就是一只开了膛的羚羊。所以莫斯克移开目光，我并不感到意外。但与此同时，我注意到他垂下的目光别有用意，好像是说斯特凡努斯无足轻重，犯不着以直勾勾的目光来回敬。好像他认为，除了回敬斯特凡努斯，他还有别的事要做。

然后莫斯克开口了。

"告诉我你想知道什么，斯特凡努斯先生，"他说，"我会为你预言。"

我看到了草原、田野和石头，我看到灿烂的阳光瞬间在莫斯克裸露的后背上投下了一道长长的光影。但是有那么一刻，我别的什么都看不到，也什么都听不到。因为这时候一个黑人对一个白人讲了一番要命的话，我知道周围人也觉得那是一番要命的话。我们站在那里，等了又等。我赶上了这么一场奇特的交锋，不知道是凶是吉，是喜是忧。时间过得很慢。

"黑鬼，"斯特凡努斯最后说，"你没有权利在一个白人的落脚处混，我们是来赶你走的。我非踹你不可，黑鬼，我现在就要踹你。你会看到白人的靴子长啥样的。"

莫斯克纹丝不动，好像根本就没听到斯特凡努斯的话。他像是在思考一些别的事——一些地老天荒的事。

斯特凡努斯向前迈了一步。他迟疑了一下。我们都垂下了目光。

弗朗斯·斯坦因是第一个笑出声的，刚一听到显得特别奇怪和不自然，因为此前发生的一切是那么扣人心弦，甚至骇人听闻。但随即我们所有人都放声大笑，那笑声震耳欲聋，在沙丘的另一端都能听到。

我前面跟大家说过，斯特凡努斯·伊拉姆斯的草靴鞋面破了。走去落脚处的路上，那草靴的最后一根皮鞋带也断了。所以斯特凡努斯·伊拉姆斯站在那里抬起右脚的时候，他脚背上挂着的那只破鞋子，马上要掉下来了。

所以他最终也没法踢莫斯克，我们笑够了就劝他回家。斯特凡努斯走得很慢，手里拿着他的破鞋，专挑比较软的地方走。那里的草被烧过，不会粘在他的光脚丫上。

斯特凡努斯·伊拉姆斯失去了他先知的能量。

但我知道，即使他的鞋没有坏，他也不会踢莫斯克的。他的眼神告诉我，当他走向莫斯克而莫斯克纹丝不动时，他就已经被永远打败了。

月光和蒂丽卡

月圆的时候，总有些诡异的蛊事，夏尔克·劳伦斯大叔讲道，特别是夏天达沃斯伯格山谷上空的月亮。这马里科的月亮会叫人生出很多怪念头，叫人的心里充满疯狂而甜蜜的幻想，叫人的思绪飘得很远很远。要是你一直坐在自家前门廊上，脑子里尽想这些个事，你就不免叹息一声，嘀咕嘀咕这世道人心，然后把椅子搬进屋。

我见过别处的月亮，但马里科的月亮不一样。

布拉姆·温特有一次在纳特瓦丁附近，从一辆公家的卡车上摔了下来。他说马里科的月亮就像一个女人正往坟墓上摆放绿色的花。布拉姆·温特总说这些个话，特别是他从卡车上摔下来之后。人们都说，他摔在头上了。

当一轮满月当空闪耀时，它总会使我们心生异念，那些我们十分渴望明白但又永远不明白的异念。它总是会唤醒一些记忆，而我们每个人的记忆又往往各不相同，这真是件奇妙的事。

约翰尼斯·欧泊霍兹说，满月总能让他想起在贝专纳边境贩牛过境时的情形。他说他每看见满月就会想起月光照着他手中的钢钳，当时还有两个骑警在后面追捕。第二天晚上，约翰尼斯·欧泊霍兹更是尽情地欣赏了满月，不过是从他待的那地方的窗户看到的。他说月亮特别大，黄澄澄的，只有一样，满月的前面挡了几根黑色栏杆。

满月在荆棘树上空升起的时候，我遇到了蒂丽卡·布里登巴驰。

蒂丽卡身材高挑，金发碧眼，很多人都觉得她是马里科最美的女人。那天晚上，我在满月之下的荆棘树旁遇见她时，我也这么觉得。她在灌木草原没待多长时间。那时正值旱季，她丈夫彼得勒斯·布里登巴驰把牛赶到施瓦泽尔-雷内克地区躲旱灾，在那里停留期间和她相遇并结了婚。

后来，彼得勒斯·布里登巴驰被他农场上的卡菲尔黑人用自己的毛瑟枪杀死了，蒂丽卡就回到了施瓦泽尔-雷内克地区，从此离开了马里科。跟她来时一样，她走得很怪，悄无声息的。

对我来说，蒂丽卡一走，马里科似乎也跟以前不一样了。我想到了月亮，想起了它如何摆布人的感觉，想起它对灵魂施展的狂野巫术。我也记起了布拉姆·温特说过的话，满月就像一个女人正在往坟墓上摆放绿色的花朵。这些话对我来说似乎并不完全是无稽之谈。人能头朝下从卡车上摔下来，那就完全有可能遇上更倒霉的事。我还想到了很多别的事。

但所有这些都是后来的事了。

我看到蒂丽卡的那天晚上，她正靠在路边的一棵荆棘树上，那条路一直向下通向溪流。不过我一开始并没有认出她，我只看到了一个穿着白色衣裙、长发垂肩的人影。在夜晚的这个时候出现那么个人影是很不寻常的。我想起了读过的那些白色幽灵的故事，也想起来几英里外看到的横在路当中的大石头。那块石头相当大，对过路的骡车很危险。于是我决定立即掉头，将那块石头搬开。

我决定得很突然，当时心意已决，可就在我急着拉马掉头的当儿，鞍环突然断了。这时那个人影走上前来跟我搭话，我这才发现那原来是蒂丽卡·布里登巴驰。

"晚上好，"我回答她的问候，"我想起了一件事，正要往回走呢。"

"想起了鬼吗?"她问道。

"不是，"我老老实实地答道，"是想起了路上的一块石头。"

蒂丽卡听了一阵大笑，我也笑了。她笑了又笑，我也跟着笑。事实上，我们俩心照不宣地笑了好一阵子。我跳下马，在月光照耀下站在蒂丽卡身旁。那时候哪怕有人上前来，说荷兰牧师的骡车被路上的那块石头碰翻了，我也只会笑得更开怀。

马里科的月亮最圆的时候，就会刺激你做出这等事。

我并不想问蒂丽卡是怎么来到这里的，也不想问她的头发为什么松松地垂下来，也不想问她在荆棘树下等谁。草原上空的月亮硕大橙黄，风轻柔的吹过树丛，吹过草地，吹过蒂丽卡的白裙子，吹向纵情歌唱的星星，这就够了。

我还没反应过来，我们就坐在了荆棘树下的草丛上，荆棘树枝斜伸向路面。我记得我们很长时间都没有说话，只是并肩坐在草地上，脚埋在温暖的沙子里。蒂丽卡含笑望着我，目光有些朦胧，我觉得她十分妩媚动人。

我总觉着，光这样静静地坐着还不够。我知道，女人，即使是像蒂丽卡这样一个月光般的女人，也希望男人不光是脾气好、人老实。我知道，女人还想要男人讨她欢心。所以我跟蒂丽卡逗着趣，借此打发这短暂的时光。

我跟她讲到几天前一块鹅卵石怎么钻进我的草靴，把我一个脚指头的皮都磨掉了。我还脱掉了草靴指给她看。我也跟她聊到牛瘟，告诉她我那两头牛是怎么染上瘟疫死掉的。我还知道很多羊群里的蓝舌病及麻痹症的事，我跟她聊起这些事儿轻松自如，就跟我现在跟你们讲故事时一样张口就来。

当然，这都是月光在作祟。之前我从不知道，自己还会这么虚浮无聊地东拉西扯。一切就是这么单纯。我觉得如果蒂丽卡·布里登巴驰的丈夫彼得勒斯这会儿过来，看到我俩肩并肩坐在一起，他也不会说什么的，至少不会说太多。

过了一会儿，我停下不说了。

蒂丽卡把她的手放进我手心。

"哦，夏尔克，"她柔声说道，蓝眼睛里月光闪烁，朦朦胧胧的，"再给我讲点别的听听吧。"

我摇了摇头。

"不好意思，蒂丽卡，"我说，"别的我也不知道了。"

"可你必须讲，夏尔克，"她柔声说，"给我讲讲，讲讲别的吧。"

我凝神想了一会儿。

"好吧，蒂丽卡，"我最后说，"我想起来了，还有个羊群的蓝舌病的故事没跟你说呢。"

"不不，不是那个，"她打断了我，"跟我讲点别的，比方说月亮。"

于是我跟她讲了月亮的两个故事，都是布拉姆·温特说过的。一件是绿色花朵的故事，还讲了另一件事。

"月亮的这些个故事布拉姆·温特知道的可多了，"我说，"下次你去济勒斯特参加圣餐礼时就能看到他。他个头矮，头上有个包，是上次摔下来的时候留下的……"

"哦，不，夏尔克，"蒂丽卡又说，她摇摇头，一缕金发拂过我的脸，"我不想听布拉姆·温特的事，我只想听听你的事，你想想自己跟月亮的故事，讲给我听听吧。"

我明白了她的意思。

"那个嘛，蒂丽卡，"我若有所思地说，"月亮……月亮很美。"

"哦，夏尔克，"蒂丽卡叫道，"这比布拉姆·温特讲的故事都好，他头上摔了个包也不如你的故事好。"

自然，我跟她说，讲这个对我来说没什么，只要我认真讲，还能讲得更好。但是我心里还是很得意。不知怎的，我觉得我几句话就把我俩的距离拉近了。我觉得，满月之下我那三言两语，就使我和蒂丽卡的生活中有了一种从未有过的魔幻般的感觉。

随后我们手拉手坐在草地上，脚伸到路上。蒂丽卡头倚在我肩上，她长长的秀发轻拂着我的脸，但我只盯着她的脚看。有一瞬间我以为我爱上了她，我不是爱她美丽的身体，也不爱她红红的嘴唇或蓝蓝的眼睛。那会儿我还没意识到她的身体、嘴唇或眼睛。我爱她是因为她的脚，因为她的脚也放在路上，跟我的紧紧挨在一起。

不过在我的心底深处，我一直觉得这一切都是月亮在我身上作祟。

"你的脚很能走路啊。"我对蒂丽卡说。

"要换了布拉姆·温特，他准会说我的脚很能跳舞。"蒂丽卡边说边放声大笑。我开始有些嫉妒布拉姆·温特了。

我记得，接下来蒂丽卡投进了我的怀里。

"你觉得我漂亮吗，夏尔克？"蒂丽卡问道。

"你很漂亮，蒂丽卡，"我慢吞吞地答道，"非常漂亮。"

"你能替我做点事吗，夏尔克？"蒂丽卡又问，她的红唇贴近了我的脸颊，"要是我非常非常爱你，你能为我做件事吗？"

"你希望我为你做什么呢，蒂丽卡？"

她捧着我的头贴近了她的嘴唇，在我耳边卿卿我我说起情话来。

结果呢，我突然猛力推开了她，趔趔趄趄地站起来，骑上马跑了。我遇见蒂丽卡的地方就在路边的荆棘树下，我离开了她，她的甜言蜜语依旧萦绕在我耳边。我还没赶到家，达沃斯伯格的月亮已经落山了。

嗯，剩下再没什么可讲的了。那以后的日子里，我经常想起蒂丽卡·布里登巴驰，想起她披散的长发，她红红的嘴唇和跟我一起埋在路边沙子里的脚。但如果像我一开始想的那样，她真是个鬼，那真要吓死我了。

最可怪的是，在那晚的月光之下，我的几句话一下就拉近了我和蒂丽卡的距离，但她撩人的气息，她在我耳边吐露的绵绵情话却让我如此突然地离开了她。

有那么一两次，我甚至为自己的做法感到后悔。

后来，我听说蒂丽卡又回到了施瓦泽尔-雷内克一带，也听说她的丈夫被一个在农场干活的卡菲尔人用他自己的毛瑟枪杀死了，我并不感到惊讶。说实话，我早就料到了。

只是，这事总有点不对头，因为我一个白人不愿意干的事，蒂丽卡却让一个卡菲尔黑人去干。

果酒

卡瑞布姆的梅子不可能酿出最好的果酒（夏尔克·劳伦斯大叔边讲边冲着一棵高大的树木点了点头，那棵树投下的影子已经爬到了门廊边上），我的意思是说，卡瑞布姆梅子酿的白兰地酒不如莫派尔或玛雷拉酿出的白兰地酒劲儿大。人们都说，就算是桃子酿的白兰地也比卡瑞布姆梅子酿的果酒更容易让人忘记烦心事，比如长了锈的玉米。

但卡瑞布姆梅子酿出的果酒是白色的，看上去口感柔和，拔出瓶口的软木塞时会冒出灰白色的烟气，缓缓地盘旋上升。旱季的时候，在井眼前为牛抽了一天水，到了晚上你会觉着抽出来的水喝起来都发苦。这时坐在前门廊上，像现在这样，让人开一瓶这样的果酒，那感觉惬意极了。摇了一天水泵手柄，手累得酸疼僵硬，要是你试着自己打开瓶塞，就会发现瓶塞似乎沉在了深深的瓶底，就像深井里的水一样。

很多年前，我还年轻的时候，曾经坐在前门廊上，看着白烟从瓶口缓慢而优雅地飘出，还伴随着一股淡淡的香气。那时我觉得这股烟气像个年轻姑娘，戴着面纱在灿烂的星光下漫步。如今我老了，看着那股白烟，想象着它是一位在星光下漫步的年轻姑娘，依旧带着面纱。我一直都没能认出她是谁。

汉斯·克里尔和我跟着同一拨人，从大马里科这一带出发，到济勒斯特去参加圣餐礼。到达济勒斯特以后又过了几个夜晚，我们去城郊的克瑞斯简·威尔曼家里去做客。在那里我先是听说了汉斯爱情故事的前半部分，听得我笑个不停。之后我又听说了故事的后半部分，那时我就笑不出来了。

我们坐在克瑞斯简·威尔曼家的门廊上，正对着斯芬顿峡谷。夕阳把山的一面照得通红，在山的另一面飞快地投下了长长的影子，一直投射到平原上。克瑞斯简·威尔曼已经倒好了果酒，喝了一轮又一轮。

"正穿过荆棘树的那一大片影子像一头黑象，"阿德里安·贝克说，"几分钟之后它就能罩住大马里科镇车站了。"

"白天越短，影子就越长，"弗里基·马莱说，"这个我是从学校学来的，影子也分走运的和不走运的。"

"你说的那是鬼，不是影子，"阿德里安·贝克打断了他，显得很博学的样子，"我觉得鬼差不多都一样长。"

"不对，鬼故事差不多都一样长，"克瑞斯简·威尔曼说，"就是你讲的那种鬼故事。"

酒是上好的卡瑞布姆梅果酒。人们趁这种卡瑞布姆梅子呈青绿色、汁液浓厚、即将泛白的时候将其摘下酿酒。我们喝着上好的果酒，谈论着充满智慧的话题。

"她的左脸上像有朵花的阴影。"听见汉斯·克里尔这样说，我立刻坐起来细听，因为我猜得出他在讲什么。

"是在她的下半边脸上吧？"我问道，"是两个小小的紫印子？"

因为这样我就可以确定他说的是济勒斯特咖啡馆新来的女招待了。我只见过她一次，是透过平板玻璃窗看到的。我看上了她的长相，就去柜台前向她要一卷布尔烟草，她说没烟草。随后她又说肉干也没了，这让我觉得再问她要别的东西就太尴尬了。后来我才想起，我当时可以进去坐在那儿，要杯咖啡和一点硬饼干，但太迟了。因为那时候，我觉得她已经看出来我是从马里科这一带来的，虽然我帽子戴得很靠后。

"你……你跟她说话了吗?"过了一会儿，我问汉斯·克里尔。

"说了，"他答道，"我进去跟她要了一卷布尔烟草。但她说那里的烟草不是论卷卖的，也不卖肉干，她说到肉干的时候有点嘲讽。我觉得这话说得很有意思，因为我并没有向她要肉干。我坐在桌子前，要了点硬饼干和一杯咖啡。她给我拿来了很多饼干，又小又干又扁的那种，上面有一些我看不太清的字母，她的名字叫玛丽·罗索乌。"

"你一定跟她拉了好多话才知道她的名字的。"我话里有话，肯定能让汉斯·克里尔心生疑窦。

"你怎么知道我说的是谁?"他突然问道。

"啊，别在意，"我答道，"还是让克瑞斯简·威尔曼再把我们的杯子满上吧。"

我向其他人眨眨眼，大家都笑了起来，因为那时汉斯·克里尔正半侧着坐在长椅上，肩膀耸得很高，整个身体就像是用一只胳膊肘撑着一样。不久之后，他胳膊肘终于支撑不住了，于是我们不得不把他从地板上拉起来，抬进客厅，让他躺在角落里的豹皮上。

但在这之前他又说了一些关于玛丽·罗索乌的事，就是那个咖啡馆新来的女招待。他说他曾经在路过的时候透过咖啡馆的平板玻璃窗看到了她，当时柜台上摆了只花瓶，花瓶里插着紫色的花。他也注意到了她脸上的两个印子，他觉着那些印子非常美，就像那些紫色花朵投下的两片阴影。

"她很美，"汉斯·克里尔说，"她的眼睛里有种东西很深很深，就像阿布捷安特山后的湖一样深。有一次她冲我一笑，我猜是不经意的，当时我感觉我的心就像从平原上掠过，跟日落时我们看到的影子一样。"

"你一定要小心阿布捷安特山后那些深湖，"我警告他，"人人都知道，湖里有女巫。"

他说完不久我们就不得不把他抬进屋，我觉得很惋惜，因为在果酒的酒力下，汉斯·克里尔讲得很精彩。

后来的事情是这样的，汉斯·克里尔并不是那晚唯一一个在长椅上坐不稳当的人，我们中的另外几个人也被抬进了屋里。当我回想那晚的圣餐礼时，最鲜活的记忆不是荷兰牧师在教堂礼拜时说的话，也不是克瑞斯简·威尔曼的果酒，而是浅黄色豹皮上圆圆的黑色斑点。这些斑点溜圆溜圆的，我每次看到它们都感觉它们在转。

第二天早晨，克瑞斯简·威尔曼的老婆叫醒了我们，给我们端来了咖啡。汉斯·克里尔和我肩并肩坐在豹皮上，他边喝咖啡边说些疯疯癫癫的话，依然和玛丽·罗索乌有关。

"昨晚天黑之后，我从前门廊上起来，去咖啡馆见她了。"汉斯·克里尔说。

"你有可能是从门廊上起来了，"我答道，"但你从没从这些豹皮上起来过，从我们把你抬到豹皮上以后你就没起来过，这是事实。"

"我去了咖啡馆，"汉斯·克里尔没理会我插话，继续说，"那里黑洞洞的，只有她一个人在。我想知道她脸上的那两个印子是怎么来的，我想着要是没有那两个印子她该有多美，但是有了这两个印子，玛丽·罗索乌就成了全世界最野、最美的人了。"

"我猜啊，她脸上的印子是小时候划伤的，"我说，"可能她父亲的果酒瓶爆炸了。"

"不是，"汉斯·克里尔郑重其事地答道，"不是那样，是因为别的。我问她那印子是怎么来的。我就在那儿问的，就在咖啡馆，当时只有我们两个在。突然之间，我觉得整个房间仿佛被月光冲洗了一遍，我和她之间的柜台也不见了。她把脸凑到我跟前，我看到她眼里有种怪异的笑。她说，'我知道你不会相信我，但这里是魔鬼亲过的地方，我们在阿布捷安特山后面时，撒旦亲了我的脸颊。要不要我给你看看'。"

"这就是她跟我说的原话，"汉斯·克里尔接着说，"我当时就知道，她是个女巫。爱一个女巫可是大罪过啊。我把她抱在怀里，低声要她给我看看，浑身还一个劲地哆嗦，我们飞快地穿越了阴影，升得很高很高。突然之间一切都变了样，比日落时阿布捷安特山的影子移得还要快。我知道我们在阿布捷安特山后面，她的眼睛确实就是那里的深湖，湖边上还长着高高的芦苇。之后我看到撒旦来到了我们之间，他长着蹄子和分叉的尾巴，周身喷着火焰。撒旦弯下身亲了亲玛丽·罗索乌，就亲在脸颊上那两个紫印子的部位。罗索乌笑了，眼里闪烁着幸福的光芒。然后我才发现，一直亲她的人其实正是我。现在，你对这事怎么看呢，夏尔克？"

当然，我嘴上说，那不过是果酒的酒劲。我还说，现在我才知道为什么前一夜我睡得那么难受了。不是因为豹皮上的斑点像圆轮一样转个不停，而是因为撒旦一整夜都睡在我身边。我还说，这也不算什么新发现了，我一直觉得他有点像撒旦。

但是我有了个主意。趁大伙儿吃早餐的时候，我溜出去了，说是去教堂广场的车马店帮玛尼·博格斯卸牲口。其实我是去咖啡馆了。因为我已经知道她的名字叫玛丽·罗索乌，等她来招呼我的时候，我就可以跟她搭讪，问她跟瑞斯米尔的罗索乌家是不是同族的，再说我也是那个家族的远亲啥的。光天化日之下，咖啡馆一点也没有汉斯说的那样神魔鬼道的，一切都很正常。连柜台上的紫花也一样，只是有些枯萎了。

之后，在我们拉话的时候，我突然按捺不住地问了她一个问题。

"你脸上的那个印子，"我说，"你能告诉我它们是怎么来的吗？"

玛丽·罗索乌将脸凑近我，眼睛就像幽深的湖泊，里面似乎有光影浮动。

"我知道你不会相信我，"她说，"但这里是魔鬼亲过的地方，我们在阿布捷安特山后面时亲的。要不要我给你看看。"

那时青天白日的，清晨的世界一片橙黄，明媚的阳光透过平板玻璃窗地照射进来，街上有很多行人。但当我快速走出咖啡馆，走在人行道上时，浑身都在哆嗦。

后来的事情接二连三，我一直没再见到汉

斯·克里尔。三四天之后，圣餐礼结束时，我们才又一起长途跋涉，赶往达沃斯伯格山的另一面。

我们天南地北地聊了很多，之后我提起了玛丽·罗索乌，语气尽量显得自然。

"你那天做的梦可真怪。"我说。

"是的，"他答道，"很怪。"

"你最后发现了吗？"我故作随意地问道，"她脸上印子怎么来的？"

"发现了，"汉斯·克里尔答道，"我问了玛丽，她告诉我了。她说她小时候，一瓶果酒在客厅爆炸了，她的脸颊被一块碎玻璃划伤了。玛丽·罗索乌，她真不是个普普通通的女孩。"

"那就对了，"我表示赞成，边说边走开了，"哦，那就对了。"

但是我也在想，有些关于果酒的事你是不会轻易弄明白的。

寡妇

　　波切夫斯特鲁姆地区连续几个月没下雨了，所以那天早上地面非常瓷实，黑人用锄头铁锹叮叮当当刨着石子路，而就在紧挨着石子路的土坯房里，不久前曾经开过庭。

　　那时候我还小，德兰士瓦还分为四个独立共和国。波切夫斯特鲁姆当时是个小村庄，是南部共和国的首都。

　　一连几天，这临时法庭热闹非凡。农民从远处赶来看审判恰尔特·范·伦思贝格。只有少数人能进入法庭，其余的只能挤在门边张望。一有证人走下证席，他们便急急地向前推挤，听那些在法庭里的人告诉他们又有了什么新证据。

　　自然，在波切夫斯特鲁姆，谈起这起官司，人们都很兴奋，纷纷议论这德兰士瓦的第一桩谋杀案。整件事情要从有人发现安德利·塞隆在自家农场井口边身亡说起。当时安德利正在给牛抽水。安德利·塞隆的邻居罗索乌赶着牛车路过，看见有个

166

人躺在水泵把手旁边。

之后，弗朗西娜·塞隆看到自己的男人躺在陌生人的牛车里回了家，身上只盖着一块帆布，心脏里留着一颗马提尼步枪子弹。执政官的捕役从波切夫斯特鲁姆赶来，开始着手调查这起谋杀案。他们费了不少功夫，使出一贯的招数，威逼恫吓，硬把无罪之人屈打成招。

后来他们总算有了点线索。

人们说不少人参加了安德利·塞隆的葬礼，地点就在农场另一头的小山脚下。妇女们身着黑衣，男人们头戴礼帽。送葬的队列跟在拉棺材的牛车后头，缓慢地在草原上蜿蜒行进，当时行政官派来的两名捕役也在场。

送葬的人当中就有死者的表弟恰尔特·范·伦思贝格。安葬仪式上牧师草草了事，安德利·塞隆的死于非命他只是一语带过，说没人知道他临终一刻究竟是怎么回事。而后，他劝了弗朗西娜一两句节哀顺变的话，就开始为死者的灵魂祷告。

布尔赞美诗最后一个音符刚刚在草原上消散，人群正要离开坟地，这时一个警官按住了恰尔特·范·伦思贝格的肩膀。就这样，恰尔特·范·伦思贝格披枷带锁，被两名警官一左一右押解着，沿着石子路走在送葬队伍的最前头。

被捕的恰尔特脸色死灰。但大家注意到他向山那边的蓝桉木走去的时候昂首阔步，开普政府的马车正等候在那里。

一个月后，审判在波切夫斯特鲁姆开始。

安德利·塞隆的寡妇弗朗西娜身材苗条，二十出头。她乐观开朗，笑容灿烂，曾经是个美人胚子。但丈夫的死讯让她瞬间性情大变。当口无遮拦的好心人罗索乌告诉她，她男人躺在草原上死了，她并没有哭出来。

"算我运气，"罗索乌说，"秃鹰还没看见他，我就先看见了他。"

"他在哪儿？"弗朗西娜问道。

"在我车上，"罗索乌回答说，"在第一卷帆布下面盖着，紧挨着几麻袋土豆。"

罗索乌有时候缺少人们所说的那种善体人意。但凭借草原人的常识，他知道他无论如何不能跟在弗朗西娜后头到牛车那头去，因为女人第一次见到死去的男人，应该是一个人的好。

弗朗西娜守在牛车边久久不忍离开。

她回来的时候像变了个人，让人看了无不伤感。她的脸颊与嘴唇失去了往日的光彩，嘴角下垂。但她眼中却没有泪水，有的只是迷惘与绝望。她无比的悲痛让罗索乌看了心惊，他没敢上前安慰她。

前来安慰她的女人们也一样束手无策。哪个女人要是想把弗朗西娜搂在怀里，让她在自己胸前痛哭一场，弗朗西娜的眼神就会告诉她：她一辈子都没法从丧夫之痛中走出来。

你若是只想对一个寡妇表达普通人的同情，那你能做的很有限。她睁大眼睛瞅着你，那眼神流露出对今生来世的彻底绝望。你看了会觉得自己很唐突，因为你感到你无权干涉这种丧夫之痛。

正因如此，了解弗朗西娜的女人们都没有怎么安慰她，而只是通过一点一滴的细节来善待她。谋杀案审判就要开始了，弗朗西娜很有可能将作为证人出庭，有个女人专门陪着她去了波切夫斯特鲁姆。但在这个女人看来，沉浸在悲痛中的弗朗西娜简直就是个陌路人。

事实上，这个女人回忆说，一路上弗朗西娜只对她说过一次话。当时她们经过流经波切夫斯特鲁姆的莫伊河，弗朗西娜对她说：河岸上的黄色野花真美。

※　※　※

审判开始了。每天早上九点，恰尔特·范·伦思贝格都会从看守所被押送到土墙砌的法院。他路过时，总是有许多人围观。我也经常看见他。我记得恰尔特·范·伦思贝格生得膀阔腰圆，三十岁上下，比押送他的警卫还高，也帅气得多。

我记得他走起路来的样子，昂首阔步，斜戴帽子，两手被紧紧铐在前面。他左右各有一名警员，身披子弹带，手持步枪。

行政官看起来位高权重，第一次审理谋杀案的行政官都是那样神气活现。陪审员看起来也道貌岸然。但这里最自命不凡的却是罗索乌。只要有人愿意听，他就一遍又一遍向大家炫耀他是在如何秃鹰之前发现了尸体。他告诉每个人，接下来他会给出什么证据，如何推理谋杀案发生的经过。

他甚至把牛车也拉到了法庭，就停在人行道上，把行政官和陪审员进门的路都堵了个严实。他说他愿意向法庭证明，当时他以多快的速度把尸体从井口拉回安德利·塞隆家。

后来，罗索乌成了我见过的最失落的人了。他只在证人席上讲了五分钟左右，大家就听不下去了。

反倒是个黑人滔滔不绝作了三个多小时的证，说他在井口那里看见恰尔特和死者争执起来。还有个黑人在证人席里讲了足足大半天，说他听到一声枪响，断定他看到了恰尔特扛着枪沿路跑了。

"你不觉得这些黑鬼就会在这儿胡说八道么？"罗索乌问那些站在法庭门口看热闹的。"我是个白人，为了保卫德兰士瓦我上过三次黑人的战场。可我刚在证人席上待了五分钟，他们就叫我下去，还让我把牛车从门边挪开。你再看那没见过世面的黑鬼，连自己名字都不会写，只能在证词下面画叉当签名——他们却让他站在那里啰嗦个没完，浪费法庭十个小时。""还有，"罗索乌接着说，"恰尔特的律师没有交叉质问我，也没说我骗人。可他骂那黑人骂了足足大半天。这不正说明他觉得我的证词有用吗？"

罗索乌又发了一通牢骚，惹得村里不少人笑话他。可还真有些人把他当回事，给他帮腔，说出了这种事真是耻辱，说明庭长根本没把布尔人的民族利益放在心上。

看得出来，那时候，治理德兰士瓦可不容易。

案子审了将近一个星期，其间证人轮番发言，控辩双方长时间激烈辩论。

此外，行政官还讲了不少罗马荷兰法系的学术问题。整个庭审期间，弗朗西娜坐在法庭上，目光中流露出一成不变的古怪神情。人们都说她从没哭过。就连荷兰法医证明他如何解剖安德利·塞隆的尸体，发现子弹穿过心脏，弗朗西娜的神情也没有任何变化。

了解她的人都开始担心她的精神状态。人们都说，不能再让她继续愁肠百结、消沉度日了。他们还说，如果她还是哭不出来，可能撑不了多久。

反正，弗朗西娜没有作为证人被法庭传唤。也许人们觉得她的证词不足采信。

日子一天天过去了。

罗索乌还是不停地抱怨他作证时遭受的不公平待遇。恰尔特·范·伦思贝格依旧斜戴帽子，双手紧铐，最后一次大步流星跨进法庭。

那天早上，行政官看上去没那么趾高气扬了。陪审员似乎也有点情绪低落。但他们没有逃避自己的神圣职责。

他们问恰尔特在宣判前还有什么话要说。

"是，我认罪，"他回答说，"是我开枪杀了安德利。"

他声音听起来非常镇定，边说边用指头慢慢转着帽檐儿。

事情的原委就是这样。于是一个冬天的早晨，几个黑人挥动锄头，在法庭旁边硬邦邦的石子地面上刨出一个坑。

坟坑前已经聚集了一小群人。有些人下跪祈祷。看热闹的人里就有弗朗西娜，她身穿丧服，看上去瘦削单薄，弱不禁风。墓穴挖得到深浅合适的时候，一副粗制滥造的棺材从马车上给扛下来。马车身上还涂着德兰士瓦共和国国徽。

人们把棺材放进墓穴，用石头和红土堆起一个新坟堆，再用铁锹把新坟堆拍平整。

直到这时，弗朗西娜才终于落了泪，这是她死了男人以后破天荒的第一次。

她全身扑倒在坟堆上，双手摩挲着刚刚堆起来的石头和新土。她在坟头呼天抢地，悲恸欲绝，无限深情地呼唤着她心爱的男人。

草原少女

　　每当你以那种语气说起草原的时候，我就知道那是怎么回事了——夏尔克·洛伦斯大叔讲道——我见过不少人，他们也是这么坐着，对着草原浮想联翩，不时发些荒诞不经的奇谈怪论，然后就开始相信他们所谓的草原之魂；说到最后，他们心目中的草原和我熟悉的草原已经完全是两码事了。

　　我只知道，草原上可以种玉米，但收成并不好。种玉米对我来说可是个苦差事。比方说犁地。我曾经坐在玉米地边的石头上，看着卡菲尔黑奴赶着耕牛犁地，犁上下翻飞，在地里留下一道道犁沟。我一坐就是一整天，坐得我后背和肩膀都酸疼。汉斯·库切是个囚禁在圣赫勒拿的布尔战争战俘，他跟我说，他曾经看着船在水面上一起一伏，一起一伏，因为看的时间太长，都晕船了。

　　我觉得这跟犁地一个样。要治这种犁地病，唯一的办法就是稍微抬高双腿，在门廊长椅上静静地坐着，喝喝咖啡，直到犁地季节结束。在马里科灌

175

木草原，大多数农民都用的是这种疗法，就跟你们看到的一样。

但草原近在眼前，多想无益，因为思虑过多只会使你走火入魔。而且，有些时候——有些时候，草原把你的思虑引向远方，直到你眼里出现那种上帝不曾创造过的眼神。

那是初夏，刚下过雨，我第一次见到了约翰·德·斯瓦特。我家农场边上的马鲁拉树紧挨着弗兰斯·威尔曼家的地，约翰在马鲁拉树旁搭了顶帐篷，当时正坐在帐篷旁。他在那里待了好几天我都不知道，因为之前我老坐在门廊上，原因嘛，就是前面刚刚跟你说过的犁地病。

他是个年轻小伙子，头发又长又黑。我走到跟前，才看见他在干什么。他在面前的架子上铺了块白毡布，正在画我的农场呢。他画的似乎全是些没用的东西——一面悬崖、几块石头，还有几丛灌木。

我们相互招呼以后，我对他说："小伙子，约翰内斯堡要是有人看到这幅画会笑话我的，说原来夏尔克·洛伦斯住在一块不长庄稼的岩石上，跟蜥蝎一个样。你干嘛不画画那些肥沃的地方？你瞧瞧那山谷，还有那大坝！再把我用加固混凝土盖的洗牛池也画上！要是皮特·格勒布勒和肯特将军看到这样的画，他们立马知道，夏尔克·洛伦斯一直在建设农场。"

年轻的画家摇了摇头。

"不，"他说，"我只想画草原。我不想画水井、洗牛池和混凝土房子，特别是混凝土盖的房子。我只想画草原，想画它的孤独，它的神秘。等画完了，我还会骄傲地写上我的名字。"

"哦，那就是另一码事了，"我回答说，"只要你别写上我的名字就好。最好呢，"我说，"你写上弗郎斯·威尔曼的名字，在名字下面再写上：'这是弗郎斯·威尔曼的农场。'"我之所以这么说，是因为我想起来，弗郎斯·威尔曼曾在德哥科普校委会选举时投过我的反对票。

约翰带我进了帐篷，给我看他在达沃斯伯格山不同地方画的画。那些画都差不多：满是石头的贫瘠土地。要是政府在喀拉哈里沙漠边上多放些这样的画，让那里的蝗虫看看，我觉得倒是个不错的主意。因为这样一来，蝗虫们以后再也不会来马里科了。

约翰还给我看了另一幅画。看了那幅画，我对他所说的"艺术"这玩意又有了新的看法。我打量他一番，再瞧瞧画，然后又把目光挪回到他身上。

"我倒没看出来，你能画出这样的画，"我说，"你看起来清心寡欲的。"

"我给这幅画起名叫《草原少女》。"约翰说道。

"如果荷兰牧师看见了，他肯定有别的说法，"我回答说，"不过我这人思想开放。在济勒斯特酒参加圣餐礼的时候，我去过一次酒吧，还偷偷去看过两次电影。所以我并不反对年轻人有这样的想法。不过你最好多给她画上几件衣服，再给别人看你的《草原少女》。"

"那可不行，"约翰回答说，"我眼中的她就是这个样子。我梦里的她就是这样。这么多年了，现在她终于以这样的形象出现在我梦里了。"

"就这样伸着胳膊？"我问道。

"对。"

"就这样——"

"对，对，就是这样。"约翰一语带过。他脸红了，我看得出来，他还是太年轻。一个这么好的小伙子竟然这样疯狂，不能不说是个遗憾。

"不管咋说，你要是想当画家，"我离开的时候说，"可以来刷刷我的养羊场后头。"

我经常这样跟人逗乐。

后来，我经常看见约翰，而且渐渐地喜欢上了他。我对他还算满意——尽管他浪费时间画了好些个光秃秃的石头和荒草，可他本性不坏。我相信，他之所以说什么草原的想象啦、精神啦之类的傻话，全是因为约翰内斯堡艺术学校那些人把他给教成那样的，我真为他感到惋惜。有一阵子，我还想过，我是不是更应该替艺术学校感到惋惜呢。把这事里里外外思考一番以后，我认定约翰只是年轻单纯而已。后来发生的事也证明他心思单纯。

连续几个星期天，我都带着约翰到弗郎斯·威尔曼家串门。自从弗郎斯在学校委员会上选了别人，我就觉得他识人断事没有眼光。可附近再没别的邻居了，到了周末，我总得有个去处吧。

我们谈天说地。弗郎斯的老婆珊妮年轻漂亮，但很害羞。她本来不是害羞的人，只是怕说错了话惹得她男人不待见她，所以就不敢说话了。大多数时候，珊妮坐在角落里一声不吭，不时起身为我们添咖啡。

在有些方面，弗朗斯有点人们常说的刻薄寡恩。比如他对他老婆和农场上的黑奴不好，就多少引起过一些议论。可他养牛养猪却是把好手。我一直觉得，对一个农民来说，伺候好牲口比善待老婆和黑奴更重要。

我们聊了聊玉米长势，说起前年的旱灾，还有旱灾补贴啥的。我预感到很快话题就会转到立法会上。我可不想听弗朗斯在大选中如何投票，我觉得像他这样一个不负责任的人根本不配去投票。于是，我不失时机地叫约翰谈谈他的画。

他立即说起他的"草原少女"来。

"别说那幅画，"我踢踢他的小腿说，"我是想叫你介绍其他的画。那种可以吓住蝗虫的画。"

我觉得不适合谈论《草原少女》这种画，特别是当着女人的面，何况当天还是星期天。

不过，我踢得太迟了。约翰揉了揉小腿，还是讲起那幅画来。他每讲到一个不同的部位，我和弗郎斯就尴尬地咳嗽一声，而珊妮始终盯着地板，两颊绯红。可就这样，这年轻画家还是解说了画的每一个细节，还告诉我们这些对他有多重要。

"这个梦我做了好久了，到现在，"最后，他说，"她总是来找我，可每次我伸出手臂要抱她，她一下子就消失了。我只能在心里回忆她。不过每次她出现的时候，整个世界像是穿上了一件美丽的衣服，美得可怕。"

"总比她身上穿的多一点，"弗兰斯说，"从你对她的介绍能看得出来。"

"她是一种灵魂。她是草原之魂，"约翰低声说，"她低声说一些动人的怪话。她来的时候就像风在低语。她好似天外来仙。"

"那好，"弗兰斯紧接着又说，"你可以找这些天外来的女妖。像我和夏尔克·洛伦斯这样的普通人，能娶个布尔姑娘就不错了。"

日子一天天过去了。

约翰又画了不少岩石和遭了旱灾的草原，我已经说服他把最难看的那一张标上"弗郎斯·威尔曼的农场"。

后来有天早上，他来找我，兴高采烈的。

"我又看见她了，夏尔克，"他说，"我昨晚看见她了。她很美，没人能比得上。就在午夜时分。她轻轻地穿过草原，向我的帐篷走来。昨晚天气温暖晴朗，星星都在纵情歌唱。她白皙的双脚触碰到草地上，发出低沉的乐声。有时她似乎在欢笑，有时又很忧伤。她的嘴唇那个红啊，夏尔克。我一伸出双臂，她就走了，消失在马鲁拉树丛之中，就像风的低语声，久久在我耳边回响。我心中像有一个芳香四溢的青翠世界，让我想起天堂里长出的白水仙。"

"我可不知道天堂是咋回事，"我说，"但这样的东西要是长在我的庄稼地里，我一定叫黑奴把它连根拔掉。我可不爱听这些个神啊怪的胡说八道。"

接下来，我给他出了个主意。我告诉他要当心月亮，那几天正好是满月。因为灌木草原上的月亮专会教人作怪，特别是人住帐篷里，又赶上满月当空，马鲁拉树影子怪怪的时候，最邪乎了。不过，我知道这话他没听进去。

他又来找我，把草原少女的故事原封不动地讲了一遍。这样三番五次，弄得我开始烦了。

一天早上，他又来了。从他的眼神中我已经知道了一切，就是我一开始跟你们提到过的那种眼神。

"夏尔克大叔。"他又开始了。

"约翰，"我对他说，"啥也别说了。我只有一件事要你做，收拾东西，马上走人。"

"我今晚就走，"他说，"我向你保证，明天早上我就不在这儿了。只要你让我在这里再待一天一夜。"

他说话时声音颤抖，双膝发软。可我绝不会因为这些就让步。不过看到他异样的眼神，我还是客客气气地跟他讲。

"那样也好，"我说，"但你得直接回约翰内斯堡。要是你一直沿着公路走，就能赶上公家到济勒斯特的车。"

他向我道了谢后就走了。打那以后我再没见过他。

第二天，马鲁拉树后他的帐篷还在，但约翰不见了，还带走了所有的画。所有的画，除了那幅《草原少女》。我想，他再也用不着它了。

不管咋说，白蚁已经开始咬这画了。也正因为这个，我才能把这画公然挂在前厅墙上，而荷兰牧师也没有提出任何异议。因为白蚁已经把画咬得残缺不全，只剩了少女的面庞。

至于弗郎斯，他一直在马里科搜寻他年轻的老婆珊妮，找了好久好久，最后只能作罢。

红脖子

红脖子英国佬都是怪胎，夏尔克·洛伦斯大叔讲道。比方说，有天我和侄子汉内斯在德韦茨多普附近跟几个英国佬打交道。当时桑娜普斯特之战[1]刚刚结束，我和汉内斯埋伏在大石头后面观察路上的情况。消磨这样的闲散时光，汉内斯自有他的办法，他认为这办法管用。他在一块扁平石头上打磨毛瑟枪弹头，一直磨到铅弹芯从钢弹壳头露出来，这样就把普通子弹变成了极具杀伤力的达姆弹。

我常跟侄子汉内斯说起这事。

"汉内斯，"有次我跟他说。"这可是罪过。上帝看着你呢。"

"没关系的，"汉内斯答道，"上帝知道现在是布尔战争。打起仗来，上帝总会原谅这点傻事，何况还有这么多英国人呢。"

1　第二次英布战争（1899—1902）期间的一次著名战役，一方是英国，一方是奥兰治自治州以及南非共和国的布尔民兵，布尔人在此次战役中首次大规模运用游击战术。

不管怎么说吧，我们伏在那块石头后面，看到两个骑兵远远地向着我们飞驰而来。我们一动不动，直到他们骑到距我们四百步之内。这俩是英国军官。他们骑着一流的骏马，身上的军装看上去威武气派。我有好一阵子没见过这么帅气的男人了，我不禁为自己破破烂烂的裤子和草靴感到脸红。好在我藏在石头后面，他们看不见我。特别是我那件外套，三天前我不得不翻过铁丝网栅栏，当时翻得太急，结果外套后背刮了一道长长的口子。还亏了我翻得及时。我那长官是个胖子，跑得太慢，落在我身后大概二十码，结果就在铁丝网上中了枪。我很庆幸，整个布尔战争期间，我瘦小灵活，脚上也从来没有长过鸡眼。

我和汉内斯几乎同时开了枪。一个军官从马背上摔了下来。他肩膀着地，滚了两滚，掀起一阵红色的尘土。他的同伴却一反常态，勒住马后跳下马来，只朝我们这边看了一眼，然后就拉着马到他战友那里。那家伙正痛苦不堪地在地上翻滚挣扎。他费了不少工夫才把他弄到自己马上，因为把一个生命垂危的人托起来可不是容易事。他动作缓慢但表情平静，似乎并不在乎杀了他朋友的人就埋伏在几百码以外。他想办法把伤员扶到马鞍上托住，自己跟在马旁边。走了几码，他停了下来，似乎想起了什么，然后转过身来，向我们的藏身处挥挥手，似乎要我们向他开枪。那当儿，我一直趴在那里盯视着他，他的从容镇定使我非常震撼。

他挥手时，我把马提尼枪子弹推上膛，开始向他瞄准。距离这么近，我绝不可能失手。我小心翼翼地瞄准了他，就要扣动扳机的当儿，汉内斯却抓住我的枪管，抬起了我的来复枪。

"别开枪，夏尔克大叔，"他说，"这人真勇敢。"

我惊奇地瞅瞅汉内斯，只见他脸色煞白。我什么也没说，慢慢压低枪口，把枪杵在草丛里。但我搞不懂我侄子到底怎么了。眼下，不光这英国佬，汉内斯也一样一反常态。仅仅因为一个人勇敢就不杀他，这未免太胡扯了。如果他真是条硬汉子，一旦给敌人卖起命来，就更是非杀不可了。

那以后，我和汉内斯又一起待了几个月。有一天，在瓦尔河附近的一次小型战斗中，汉内斯还有其他几十个民兵和突击队断了联系，不得不投降。那是我最后一次见到他。我后来得知，他被俘之后，英国人在他身上搜到了达姆弹，就杀了他。听到他的死讯，我悲痛欲绝。他总是生龙活虎、精神抖擞的。也许汉内斯说得对，上帝不会介意制作达姆弹那样的小小恶行。但他错就错在，他忘了英国佬非常介意。

我一直待在草原上，直到双方和解。我们放下步枪，各自回家。我靠小山下的那个采石洞才认出了我的农场，我以前从这个洞里开采石块，用来圈打谷场。这大概是我离家前剩下的全部家当。别的一切都没了。房子给烧了，土地撂荒了，牲口被宰了。就连我砌养牛场的石头都被扒倒了。我老婆从集中营回来了，我们一起去看以前的农场。老婆还有俩孩子本来一起被关进了集中营，可只有她活着出来了。我再见到她时，发现她变化很大。我才知道，我虽然亲身经历过所有战斗，但还算不上体验过真正的布尔战争。

桑妮和我都不愿留在老地方种地了。老房子周围没有了孩子们玩耍淘气，一切都跟以前不一样了。新政府赔付了我们一部分损失。于是我买了车和牛，离开了自由州。但就这自由州也不再是自由州了。现在，它叫作"奥兰治河殖民地"。

我们长途跋涉，穿过了德兰士瓦北部的马里科灌木草原。多年前，我还是个孩子的时候，我和父母一起长途跋涉，曾经穿过这片土地。如今我又到了那里，我还是觉得它是个好地方。这地方在达沃斯伯格的另一边，离德德波尔很近，那里有个政府农场。

随后，又有农民远道而来，有一两个也来自自由州，我认识他们。还有几个开普叛军，我在突击队里见过他们。我们所有人都在战争中失去了亲人。有的死在集中营，还有的死在战场上，剩下的因为参与叛乱被枪杀。所以，一句话，我们这些跋山涉水到马里科镇最靠近贝专纳保护地一带的布尔乡亲们，对英国佬都恨之入骨。

正在这个时候，来了个红脖子。

那是我们在德德波尔周围定居的第一个年头。我们听说有个英国人在靠格哈杜斯·格罗贝拉尔家的地方买了个农场。当时我们正坐在威廉·奥登达尔家的前屋，他家是村镇邮局。每周济勒斯特来了邮车，我们就聚在威廉家里，说说话，抽抽烟，喝喝咖啡。很少有人收到信，即使收到信也大多是索要农场打水井的钱，或者围栏建材和水泥的钱。但是，我们每周还是要去村镇邮局。有时格伦河发洪水邮车没来，我们大多数人都不会注意到这回事就回家了，除非是有人专门提起。

库斯·斯泰恩听说一个英国人要来我们这儿住，立刻从双人椅上弹了起来。

"不，伙计们，"他说，"英国人一来，咱们布尔人不久就得搬走了。我收拾马车，煮好咖啡，明天一早就搬家。"

我们都乐了。库斯常常这样逗乐。但有些人笑不起来。不知何故，他的话似乎很有道理。

大伙儿议论起来，都觉得只要马里科的布尔人不让他们待，红脖子在我们这儿待不长。大约半小时后，威廉的一个孩子走了进来，说大路上来了辆新篷车。我们到门口往外看。大车渐渐靠近，我们看到车上堆积着各种家具、铁皮还有农具。车上东西太多，车篷都拆了下来才勉强装得下。

大车向前滚动，在我们的房子前面停了下来。车上有个白人男子和两个卡菲尔黑奴。白人冲着黑奴喊了一声，扔下了鞭子，然后就走到我们站的地方。他穿的跟我们一样，衬衫、裤子还有草靴，身上满是灰尘。但当他跨过荆棘丛时，我们发现他穿着袜子。据此，我们断定他是个英国人。

库斯正站在门前。

英国人走上前，向他伸出手。

"下午好，"他用的是南非本地的阿非利加语，"我叫韦伯。"库斯和他握了握手。

"我是阿尔弗雷德·米尔纳王子阁下。"库斯说。

阿尔弗雷德·米尔纳阁下是当时英国委任的德兰士瓦总督。我们都笑了。红脖子也笑了。

"那么，王子阁下，"他说，"我会说一点点你们的语言，我希望以后能说得更好。我搬到这里住，希望跟大家成为朋友。"

然后他向各位走上前来，可人们都避开了，没人愿意和他握手。最后，他来到我跟前，我不禁替他感到难过。虽然他的国家侵略我的国家，我两个孩子都死在集中营，可这一切并不是这英国佬的错。这都怪英国政府。他们想占我们的金矿。这也怪维多利亚女王。她不喜欢保罗·克鲁格大叔。因为听人们说，保罗大叔到了伦敦，只跟她说过一次话，总共也没几分钟。保罗大叔说，他已经是成了家的人了，就怕这种寡妇人家。

这英国佬韦伯回到马车上的时候我和库斯陪着他。他告诉我们，他在格哈杜斯家旁边买了个农场，他不太会侍弄牛羊玉米什么的，但是他买了几本农书，打算尽量从书里学学。他说话时，我扭过头去，不想让他知道我在笑话他。可库斯和我的反应就不一样了。

"老兄，"他说，"让我看看那些书。"

韦伯打开马车底层的盒子，拿出六本厚厚的绿皮书。

"这些书都非常好，"库斯说，"对白蚁来说这些书都很好。两晚上它们就能啃完。"

我前面说过，库斯爱开玩笑。听了他的话，大家都情不自禁地笑了。

那年年景不好，遇上干旱，种不成玉米。水坝干了，草原上只剩下去年的草。我们不得不一次从水井里抽出几周用的水。后来终于下雨了，有段时间庄稼终于有了起色。

我常常见到韦伯。我听人说他似乎干活很卖力。当然，红脖子们靠种地是活不下去的，除非有人每个月从英国给他汇钱。我们发现，韦伯几乎把全部身家都押在了农场上。他一直都看那些绿皮书，按照上面说的方法种地。幸亏那些书是用英语写的，布尔人看不懂。要不然天晓得这些书一年会毁了多少农民的生计。只要他的牛得了胸水病，或者羊患了蓝舌病，或者玉米地里招了毛虫或钻心虫，韦伯都会翻那几本书。我心想，要是卡菲尔黑奴偷了他的羊，他敢情也要查查书吧。

库斯还是时不时帮韦伯一把，教给他很多东西。要是韦伯一味依照绿皮书上骗人的谎话行事，真的不可救药了。韦伯和库斯成了好朋友。库斯老婆在韦伯来的前几周刚生了孩子。他们结婚七年才有了第一个孩子，所以高兴得不得了。虽说是个女孩，可库斯说他更想要个男孩，但有个女孩也总比没有好。从一见到那孩子，韦伯就喜欢上了她，这女孩用母亲的名字杰迈玛作为教名。我路过库斯家时，常常看到这英国人坐在前门廊上，把那孩子放在他膝头。

但与此同时，周围的其他农民都看不惯库斯和红脖子如此亲密。他们说库斯是投降派，是叛国贼。他明知这家伙帮着英国灭掉了阿非利加人[1]的国家，还和他这么亲密。可是说库斯是个投降派的确冤枉他了。战争爆发时，库斯已经住在赫拉夫-里内特一带了。他算是开普地区的布尔人，本不需要参加对英国的战斗[2]。可他还是加入了一个自由州的布尔人突击队，直到和平到来。要是英国佬抓住了他，肯定会当叛军杀了他，跟杀舍佩斯[3]和别的布尔人没啥两样。

我们在威廉家的村镇邮局里，格哈杜斯为此还

1　南非的布尔人即后来南非最大的白人族群阿非利加人，"布尔人"是"阿非利加人"的旧称。

2　奥兰治自由邦和德兰士瓦是独立的布尔人共和国，而开普地区早在1814年就为英国所有。但很多在英国属地的布尔人同样参加了反抗英国的布尔战争，他们被英国视为叛军。

3　吉登·舍佩斯，第二次布尔战争期间布尔游击队的指挥官，后被英军俘虏后枪决。他在战争中功勋卓著，被布尔人视为民族英雄。

说过库斯一回。

"你这样做可不对,"格哈杜斯说,"布尔人和英国人在斯拉格特斯内克战斗之前就是敌人了。我们是输了这场战争,但有一天我们会赢回来。为了我们的子孙后代,我们有义务和红脖子斗争。要记住集中营。"

格哈杜斯说的似乎在理。

"但现在英国佬来了,我们得住在一起,"库斯回答,"也许,我们相互理解以后,我们就不需要再打仗了。这英国人韦伯学阿非利加语学得可快了,也许有一天,他会成为我们的人。可有一件事我想不通,就是他每天早上都要洗澡。他要是不在早上洗澡,也不再刷牙,你看不出来他跟布尔人有啥不一样的。"

虽然他说的只是玩笑话,但我觉得库斯的话也有道理。

干旱过后的那一年爆发了牛瘟。这场瘟疫似乎无处不在,草原上的草,水坝里的水,甚至牛呼吸的空气中都有瘟疫。奶牛和耕牛尸横遍野,人人都垂头丧气。马里科那一带的所有布尔人几乎都是靠着新政府提供的资源开始务农的。如今牲口一死，我们一无所有。先是大干旱让我们的辛苦全白费了。现在又遇上牛瘟，我们束手无策，甚至连玉米都种不了。因为耕牛一死，我们连拉犁的牛都没了。人们商量着变卖家当，到金矿谋生。我们向政府请愿，可没有回应。

就在那时，有人提议大家到外地去逃荒。之后几天，我们一直在讨论这事，但问题是我们能逃到哪儿去。罗得西亚是不会收容我们的，因为他们怕我们会把牛瘟传染给他们。逃到德兰士瓦其他地方去也没用。有人提到去德属西非 [1]。我们当中从没人去过那儿。我想，这也是我们最后决定去那里的真正原因。

"英国佬把整个南非都糟蹋了，"格哈杜斯说，"我们留在这里只有死路一条。我们必须走，到没有米字旗的地方去。"

接下来几个礼拜，我们一切都安排妥当。我们打算穿过喀拉哈里沙漠，长途跋涉到德国属地。我

1　布尔人多数为 17 世纪的荷兰和德国白人移民后裔，德国和英国是竞争关系，在布尔战争中同情和支持布尔人。

们带上了全部家当，牛群走在前头，人坐在牛车上跟在后头。我们一行共有五户人家：库斯一家、格哈杜斯一家、奥登戴尔一家、菲瑞拉斯一家，还有桑尼和我一家。韦伯也跟着我们。我觉得，他并不想走，只是这英国人和库斯已经好得难舍难分，不愿自己一人留下来。

逃荒的队伍里年龄最小的是库斯的女儿杰迈玛，当时大约十八个月大。因为还是个婴儿，她成了大家的宠儿。

韦伯卖掉了他的牛车，加入库斯家的队伍。

头一天晚上，我们在贝专纳保护地几英里的地方停下来歇脚。我们总算逃出了德兰士瓦，离开了那个天灾人祸的鬼地方，大家心里松快多了。当然，保护地也是英国属地，但我们宁愿待在这里，也不想回德兰士瓦。现在我们每天都能见到韦伯，虽然他是个外国人，生活习惯也很怪，到死都保持着英国侨民的做派，可跟早前比，我们对这红脖子不那么反感了。

第一个星期天，我们到了莫莱波洛莱。这是我们途中第一次经过的灌木草原区。和马里科草原一样，那里也长着荆棘树，但越往喀拉哈里沙漠深处走，荆棘树就越稀少。地上沙子越来越多，到了莫莱波洛莱，放眼望去全是沙漠，不过沿途仍稀稀落落的长着些荆棘树。那个星期天我们做了礼拜。格哈杜斯读了一章《圣经》，祷告了一回。我们唱了不少赞美诗，然后格哈杜斯又祷告了一回。我永远忘不了那个星期天，我们坐在牛车旁边的地上，听格哈杜斯布道。那是我们大家一起度过的最后一个星期天。

那英国人坐在库斯旁边，小杰迈玛躺在他前面。她摆弄着韦伯的手指，试着咬它们。看着她玩耍很有意思，韦伯不时低头看着她笑。我觉得，韦伯虽不算是自己人，但杰迈玛肯定不知道这回事。也许在这种事情上，孩子倒比我们聪明。对她来说，她咬的这个人出生在另一个国家，讲着不同的语言，都并不打紧。

我还记得流落到喀拉哈里沙漠的好多事。但有一件，现在想来有点怪：从离乡的第一天开始，我们就把格哈杜斯当作我们的头儿。他说干什么我们就干什么，没人提出异议。我们都觉得这么做是对的，就因为这是格哈杜斯的主意。这是我们流落异乡的一桩怪事。这不仅因为我们知道格哈杜斯笃信上帝——我们知道这是事实——更重要的是，我们就像相信上帝一样对格哈杜斯深信不疑。我觉得哪怕他是个外教中人，我们还是会一样跟随他。因为沙漠里没有水，往回走的路又太长，你会觉得有个有主见的壮男人在身边就好，哪怕他没念过多少《圣经》。他总强似一个笃信上帝、却不知道每天走多远、何时下马歇脚的老好人。

但格哈杜斯坚信上帝。与此同时，他有种领导才干，让人觉得只有按他说的去做才能成功。除了他，我记得只有一个人能这么轻松地叫别人按他的意思办事。他就是布尔人领袖保罗·克鲁格。他很像格哈杜斯，只是格哈杜斯脾气比他好，保罗更壮实些。

我印象中，格哈杜斯只发过一次脾气，是因为埃兰兹伯格山行圣餐礼的事。那是个星期天，大家在鳄鱼河边宿营。一大清早，格哈杜斯挨家挨户通知我们，要大家都到他家牛车那里集中。那时候，上帝待我们不薄，雨水丰沛，牛羊肥壮。格哈杜斯解释说，他想举办个仪式，感谢上帝的恩惠，特别要感谢上帝对大马里科北部地区农民的眷顾。这是个好主意，我们都捧着《圣经》和赞美诗聚到一处。只有一个人，叫卡雷尔·彼得斯，还在自家牛车那里磨蹭。格哈杜斯过去叫了他两次，可卡雷尔就是躺在草地上，不愿起来参加圣餐仪式。他说现在有雨，固然应该感谢主，可那些干旱少雨，牛羊渴死的年头呢。格哈杜斯难过地摇了摇头，说因为那天是星期天，他不能拿他怎么样。但他祷告的时候，祈祷上帝能感化卡雷尔兄弟的心。那天早上他最后还祷告说，不管用什么法子，他会努力感化卡雷尔。

第二天早上，格哈杜斯拿着个粗皮鞭和缰绳去找卡雷尔。当时卡雷尔正坐在火堆前，看着卡菲尔黑奴冲咖啡。他俩都是人高马大的汉子，但格哈杜斯占了上风。最后，他赢了。他用牛缰绳把卡雷尔捆在车轮上，然后当着他老婆孩子的面用粗皮鞭抽他。

那是几年前的事了。但是大家至今记忆犹新。现在，在喀拉哈里沙漠，要是格哈杜斯召集我们举行祈祷仪式，你会发现没有人再怠慢了。

莫莱波洛莱村外有条浊水河，一年里有段时间干涸断流，有段时间流着脚踝深的咸水。我们很幸运，路过时这条溪流正好有水。第二天一大早我们往桶里打满了水，那些水桶都是我们在离开马里科之前带在车上的。我们马上要进沙漠了，不知道什么时候能再打到水。连奎纳部族[1]的卡菲尔黑奴们也不知道。

"这就是干旱地大迁徙[2]，"我们动身前，库斯高呼，"不管怎样，我们不会像早前的移民那么惨。我们死不了那么多牛，因为我们本来没多少牛。我们只有五户人家，最多渴死十几个人。"

我觉得库斯这番玩笑话不是什么好兆头，其他人也有同感。那天我们在路上走了一整天，一路所见全是沙漠。到太阳落山的时候，我们一点水都没

1　奎纳部族是博茨瓦纳八大部族之一，主要居住于博茨瓦纳东南部，与南非西北部马里科镇毗邻。
2　指19世纪下半叶布尔人为争取政治独立向沙漠地带的历次迁移，是布尔人和英国人政治矛盾激化的结果。干旱地迁移路线以德兰士瓦西部为起点，安哥拉为终点，全程近两千英里。由于旅程漫长艰辛，人畜因缺水、瘟疫而大量死亡。

找着。

傍黑时，亚伯拉罕·费雷拉建议大家返回莫莱波洛莱村，看能否找到穿越喀拉哈里沙漠的确切路径。可其他人说，没必要回去，因为第二天我们肯定会找到水。无论如何，我们是深浸派[1]，一旦出发，就绝不回头。但等我们饮了牛以后，桶里就没有多少水了。

第二天中午，除了留给孩子们的一小桶水，就再没水了。但是我们仍坚持前进。我们已经深入沙漠，返回的话路太长，又没有水，恐怕到不了莫莱波洛莱了。那天晚上我们非常焦虑，都跪在沙地上祷告。格哈杜斯的声音听起来极为深沉和虔诚，他恳求上帝怜悯我们，特别要顾念孩子们。他还提到了婴儿杰迈玛的名字。那英国人跪在我旁边，我注意到，格哈杜斯提到库斯的孩子时，他浑身颤抖。

月光如泻，我们周围是无尽的沙漠，篷车显得渺小而孤单，篷车四周弥漫着一种悲哀的气氛。女人和孩子们相拥而泣，好长时间才止住。我们的卡

1　南非极端保守的新教教派，奉行严苛的加尔文派信条。

菲尔黑奴们站在远处看着我们。我老婆桑尼把手放在我手中，我想起了集中营。可怜的女人，她受了多少苦啊！我知道我们想到一起去了：毕竟，孩子们死在集中营也比渴死在沙漠要好得多。

我们已经到了大漠深处，我们相互打气，都说就快走到沙漠尽头了。虽然我们心里明白，德属西非还远得很呢，按照我们现在的走法，我们不过才刚刚进入沙漠边缘，但我们还是心照不宣地相互宽心，说水就近在眼前了。当然，这种谎话也就是说给别人听听，因为实情如何每个人心里都明白。后来，我们连有希望活着出去的谎话也懒得编了。我们不再在女人和孩子面前刻意隐瞒真相，从这你就明白我们当时到了何种田地。他们哭了起来，一些女人和孩子哭了起来。可这已经无所谓了，没人想要哄劝哭哭啼啼的女人和孩子。我们明白，眼泪毫无用处，到了那个地步，我们总觉得，女人的眼泪固然毫无用处，但男人的勇气更加于事无补。过了一会儿，营地里就没了哭声。凡是熬过了此后的苦难、安全返回德兰士瓦的女人，有些竟再没哭过！可能是她们亲眼看到的一切使她们变得无比强悍，在有些地方她们已经成了铁骨铮铮的硬汉子。我认为，从巨大苦难中挺过来的女人，变得比男人还男人，世上最大的悲剧莫过于此。

那天晚上我们没怎么睡。清早起来，男人们出去找水。日出后一个钟头的光景，费雷拉回来了，告诉我们他发现几英里外有个泥潭。我们都往那儿去了。这泥潭里也没有多少水，但我们多少算弄了点水，心情还是轻松了不少。可就在我们把牛赶到泥潭边的时候，我们才发现，我们雇来的卡菲尔黑奴半夜里跑路了。他们趁着我们睡着的时候，偷偷跑了。一些牛体力虚弱，已经站不起来，根本走不到泥潭边上。我们只能丢掉它们。走到泥潭这边的牛要么相互踩踏而死，要么陷在淤泥里窒息而死。我们不得不把死牛拉出来，好让其他的牛到池子边喝口水。那情形惨不忍睹。

就在我们出发时，费雷拉的一个女儿死了。我们在沙子里挖了个洞就地把她埋了。

至此，我们决定原路返回。

女儿死后，费雷拉跑去找格哈杜斯，说要是我们早听他的话，及时返回，他的孩子就不会死了。

"可你女儿已经死了，亚伯拉罕，"格哈杜斯说，"再说什么都没用了。我们早晚都要死。我之前不想回去。可我现在已经决定回去了。"

费雷拉死死盯着格哈杜斯的眼睛，干笑了一声。这笑声在沙漠上听起来很特别，我永远忘不了。风沙和干渴使他的笑声变得嘶哑，沙漠生活使他的笑声刺耳难听。他满脸褶皱，嘴唇发黑。但除此以外，他女儿的离世在他身上似乎没留下更多的痕迹。

"你的女儿还活着，格哈杜斯大叔，"亚伯拉罕一面说，一面指指格哈杜斯家的车，车里躺着格哈杜斯身体虚弱的老婆，和几个月前她刚生下的孩子，"是啊，她现在还活着……只是现在还活着。"

亚拉伯罕笑着转身走了。过了一会儿，我们听见他哑着嗓子跟老婆讲他刚开过的玩笑。

格哈杜斯眼睁睁看着亚拉伯罕走了，一句话也没说。此前，我们追随着格哈杜斯经历了这一切，对他一直深信不疑。可现在我们决定回去的时候，我们对他就没那么信任了，而且突然之间对他就失去了信任。我们明知道，回去是最好的选择，继续往前走意味着大家全都得死在喀拉哈里沙漠。可要是格哈杜斯继续坚持，我们也仍然会继续追随他，一直到死。可如今，他等于承认他被沙漠击垮了，我们也就不再相信他了。所以我才说，比起格哈杜斯，保罗·克鲁格是一个更伟大的布尔领袖。因为保罗·克鲁格那种人，哪怕是决定撤退，我们也仍然崇拜他。要是保罗·克鲁格要我们回去，我们就一定会义无反顾地回去。即使我们知道，他也被打趴下了，我们仍然会像以前一样爱戴我们的领袖。但从格哈杜斯要我们回去的那时候起，我们都知道，他没法再领头了。格哈杜斯也心知肚明。

我们明白现在离莫莱波洛莱有多远，所以我们调转车头的时候，也是满腹狐疑。牛很虚弱，我们只能把所有能走得动的牲口都套上。车轭也不够用了，只好从稀稀落落的灌木上砍下树枝，绑在车辕上。我们也没有环扣了，没办法，只好用索子直接把牛脖子绑在车轭上，好几头牛给勒死了。

库斯气疯了，因为他不想回去。他套上牛车，准备继续向前走。他老婆抱着婴儿坐在车上，一言不发；不管她男人去哪里，她都会跟他去。当然，这倒也是人之常情。几个女人和她吻别，都哭成一团。但库斯老婆一滴眼泪也没掉。我们都劝说库斯，可他已经下定决心，一定要横穿喀拉哈里沙漠，他绝不会因为几句胡话就走回头路。

"那我就喝咖啡好了。"库斯一如既往地开着玩笑，然后拿起鞭子，跟在车旁走远了。韦伯跟他一起走了，只是因为库斯曾经待他不薄，我猜。所以，我才说英国人都是怪胎。韦伯一定知道，只要库斯脑筋没出问题，肯定知道眼下自己的作为简直是发了疯，可是韦伯还是站在库斯一边。

我们就此分道扬镳。我们的牛车缓慢地往莫莱波洛莱方向折返，而库斯家的车则往沙漠深处去。我家的车走在最后。我回头望了望库斯一家。那一刻，韦伯也正四处张望。他看见我，朝我挥了挥手。我想起了那天在布尔战争中，当我们射杀了他的战友以后，那英国佬转身冲我们挥手的场面。

最后我们回到了莫莱波洛莱，当时只剩下两辆牛车和几头牛。其他的车都丢在路上了。喀拉哈里沙漠里发生的事情不堪回首。不少孩子都死了。格哈杜斯家的车走在我前面。一天，我发现从车篷边上扔下来个包裹，就明白那是怎么回事了。格哈杜斯不愿费心埋葬死去的孩子，而他老婆躺在车篷里，已经气息奄奄。所以我下了牛车，飞快地往孩子身上盖了一捧土。除此以外，返回莫莱波洛莱的路上我所能记得的就只有炎炎烈日和漫漫黄沙。还有极度的干渴。虽然有段时间我们以为迷了路，但这已经无关紧要。因为大家的感觉都麻木了。我们既不祈祷也不诅咒，我们的舌头完全干裂，只能紧紧抵住上颚。

直到今天，我都不确定回来的路上我们走了多少天，除非我坐下来好好算算，等算完以后又觉着不对。我们最后回到了莫莱波洛莱，喝上了水，都说再也不会离开了。我觉得就连那些当父母的当时也顾不上为失去的孩子伤心，因为他们还没有从巨大的苦难经历中清醒过来。可我知道，日后那些记忆还会鲜活起来的。那时，他们会想起沙地里微微隆起的小坟，格哈杜斯和他老婆会想起丢在喀拉哈里沙漠里的小包裹。我知道他们会有何种感受。

回来以后，我换了几头牛拉车，带上足够的水，又到沙漠去找库斯一家。茨川纳的卡菲尔黑奴能辨认出我们看不出来的沙地上的印子，靠他们帮忙，我们找到了库斯家的车。牛身上的轭具都卸掉了，几头牛死在车旁边。黑奴指着沙地上的脚印，告诉我们两男一女往哪里走了。

最后，我们终于发现了他们。

库斯和他老婆并排躺在沙地上：女人头靠在男人的肩膀上，她的长发已经松弛，在风中轻轻飞舞，细细的流沙洒落在她身上。那英国人就躺在他们附近，脸朝下。我们没有发现婴儿杰迈玛。她一定是死在路上，库斯就地把她埋了。可我们都认为，这英国人韦伯一定吃了不少苦头。库斯夫妇怎么处理掉那死去的孩子，他可能没完全理解。韦伯可能觉得，直到他死的那一刻，这孩子还一直在他怀里抱着。因为当我们抬起他的遗体时，发现他僵死的手臂里仍然紧紧抱着几块破布，还有一件小孩衣服。

喀拉哈里沙漠上难免起风，我们觉得，那天早上，那风吹得极其安静轻柔。

是的，那风吹得很轻柔。

拉莫茨瓦的精彩故事

不，夏尔克·洛伦斯大叔讲道，不，我不知道人们为啥总让我给他们讲故事听。虽然他们也知道，我讲故事是比别人更拿手，而且拿手得多。我意思是说，我不明白人为什么要听故事。当然，马里科遇上旱季的时候，这事就不难理解了。因为我一开讲，听故事的人就可以坐在门廊上，抽着烟管，品着咖啡。只要有我在讲，他就不用顶着烈日，到水井那里给牛抽水了。

每到了特定的时节，马里科的农民就急着要听故事。一看他们迫不及待的样子，我就知道，这时候没一丝风，风车转不动，抽水把手很沉，水位很低。每次故事快讲完的时候，我都能观察到他眼中失望的神情，因为他知道我的故事一讲完，他就得拿着帽子走人了。每次我讲完一个故事，他会说："对，夏尔克，这世道就是这样。对，这个故事的寓意很深。"

但我知道，他其实心里一直在想水井里的水有多深。

我刚才说过，当人们因为别的原因要听故事的时候，我就开始寻思了。就像眼下，本来是个休耕的时候，也不用在大日头底下拉铁丝栅栏。这时候有人要听故事，我就觉着他们的心思很深，比故事的寓意还要深，比旱季时水井里的水位还要深。

比如说年纪轻轻的克里斯简·吉尔，他听过一个故事。这事他做得很不明智，因为这故事他是从旁人那里听到的，而不是我讲给他听的。他是在拉莫茨瓦的印度店铺里，听那个站在柜台后头的印度人讲的。克里斯简·吉尔把这个故事转述给我听，我直截了当地告诉他，我觉得这个故事不怎么样。我跟他说，从一开始，谁都能猜得出公主为什么坐在水井边。谁都能看得出来，她来到井边不是因为她口渴了。我还说，这故事太长了，我就算一心两用，也能把这个故事讲得叫人一口气听到底。我还指出类似的很多细节问题。

克里斯简·吉尔说，他毫不怀疑，我说的都对，不过讲故事的不过是个印度人，对一个印度人来说，能讲成这样已经不错了。他还说，当时店里顾客太多，印度老板一面卖东西，一面讲故事，怪难为他的。

从他说话的语气来判断，克里斯简·吉尔似乎很同情那个印度人。

于是我语气坚定地告诉他："拉莫茨瓦那家店铺里的印度人，"我说，"以前跟我编的故事要好得多。他有次跟我说，他从来不把焦煳玉米粒跟咖啡豆掺在一起卖给我。还有一次他编得一样好，他说……"

"想想看，公主走到井边，在那里等啊等，"克里斯简·吉尔打断了我，"就因为她曾经在井边见到过那个小伙子。"

"他还编过一个好故事，"我自顾自讲下去，"他说我从他那里买到的袋装黄糖里面从来没掺过喀拉哈里沙漠的沙子。"

"她只见过他一面就那样了，"克里斯简·吉尔也自顾自讲下去，"她可是个公主啊。"

"……我只好把大部分的黄糖都喂了猪，"我说，"因为黄糖在咖啡里根本化不开，也一点不甜。就跟泥巴一样沉在杯子底。"

"她在井边等啊等，就因为她爱上了他。"克里斯简·吉尔的故事草草收尾了。

"……我把黄糖和在喂猪的玉米饲料里了，"我说，"猪吃得可欢了，猪能吃那么欢，有意思。"

克里斯简·吉尔再没讲别的故事。毫无疑问，他也知道我绝不会让一个印度人讲的故事镇住我，何况讲得又不太高明。我明白这印度人的心思。自从咖啡豆和黄糖的丑事以后——他卖给我的实际就是焦糊玉米粒和喀拉哈里沙漠的沙子——我就不再从他那里买东西了。因为我把这事儿跟好多乡亲说了，他才想出了这么个阴损的主意来报复我。他想抢我的风头，他也要开始讲故事了。

因为我把跟他的这点芥蒂讲得太多，他讲起故事来就有点不择手段了。比如扯什么公主啦，什么宫殿啦，什么披红挂彩的大象啦；说什么大象受过训练，一有命令就专踩国王的敌人啦啥的。而我只讲过一种大象，我讲的大象从来不披红挂彩的，也不管你是不是国王的敌人。我讲的大象见人就踩，而且不经过任何训练。

刚开始，我觉得这印度人这样不着边际地胡编乱造，真是岂有此理。这我可没法和他比。我这才觉得，选举会议上发言人提出的印度人问题似乎很有道理。

但我仔细盘算了一下，又觉得这也不打紧。只要他高兴，这印度人尽可以大讲特讲公主怎么骑在大象上四处漫游。但有一件事，我知道我永远都比这印度人讲得好。我只需几句话，压根儿不用提公主，就能巧妙地让人们知道，她心里想些什么。而比起什么宫殿啦、庙宇啦、戴黄金脚饰的大象啦，公主的心思才更重要。

也许这印度人也意识到，我所言不虚。不管怎样，过了段时间，他除了说洗羊液和润滑剂涨价了以外，不再编造皇帝的故事浪费顾客的时间了。也许顾客已经厌倦了听他胡扯。

但在这之前，有些农民已经半开玩笑地善意提醒我：我要想继续风光，就得在故事里加点刺激的东西。他们说我故事里至少得有个国王，怎么也得有两三个王子，还得有群大象，大象的耳朵上得戴着南非纳马夸兰产的钻石。

我说他们纯粹是胡说八道。我指出，我讲国

王、王子和训练有素的大象是没有意义的，因为我对这些毫不了解，我连他们该干啥都一无所知。

"他们啥都不需要干，"弗里克·斯奈曼解释说，"你不管正在讲什么，都可以告诉人们附近有这样的队列走过。你一带而过就行了，夏尔克大叔。啥都不用解释，只管讲下一个故事就是了。你就跟人说，队列只是路过，去别的地方了，跟故事无关，就行了。"

当然，我说这纯粹是无稽之谈。我解释说，要是我每讲一个故事，都提到同一支队列，这队列的人出演了这么多故事，早该风尘仆仆了吧。这队伍里的人早都衣衫褴褛、满身尘埃了。

"夏尔克大叔，下次你给我们讲去济勒斯特参加圣餐礼的姑娘，"弗里克继续说，"你可以说，两个男人给她撑着鲜红的华盖，她头发上戴着珠宝首饰，还跳着蛇舞。"

我知道弗里克能这样不假思索地脱口而出，是因为之前放映机播放的画面牢牢留在他脑海中了。

然而，只要拉莫茨瓦的印度人继续这样夸夸其谈地讨好顾客，我只得听这类胡言乱语，别无他法。

日子一天天过去，旱季到了，马里科草原的农民都围着钻水井忙活，成天一上一下地压着沉重的水泵手柄抽水。印度人讲了不长时间的故事也就几乎被淡忘了。连克里斯简也承认，这种富丽堂皇的故事编得过了头了。

"他讲了好多寺庙的故事，都是这一类的，"克里斯简说，"寺庙地板是白的，还装饰着闪闪发光的红宝石。还有王公呢。你知道什么是王公吗，夏尔克大叔？不，我也不知道。这类的故事听都听不完。不过他有一个故事讲得是真好。就是那个公主的故事。她头发上戴着贵重的宝石，衣服上嵌着珍珠。所以那个小伙子怎么都猜不出她为什么要往那地方去。他也没猜出公主爱上了他。不过可能我第一次没把这故事讲好，夏尔克大叔。要么我再给你讲一回。我已经跟很多人讲过了。"

但是我赶紧婉言谢绝了。我回答说，他没必要再讲一遍。我说这故事我记得很清楚，如果还是一样的故事，我不想再听一遍。他再讲一遍可能会把故事讲坏。

我说，只因他还年轻，没有经验，他才会让印度人的故事迷了心窍。我告诉他，我见识过马里科好几代年轻人，他们很多都不会识人断事，后来长进了，才来告诉我。

"你对这个故事感兴趣，"我说，"是因为你总把自己想象成那个年轻人。"

克里斯简同意我的说法，他说这就是为什么印度人的故事这么吸引他。他接着说，在马里科草原上，年轻人确实没什么机会。因为干旱，染上瘟疫的牛，嗡嗡叫的蚊子，晚上根本睡不着。

克里斯简离开的时候，我看得出来，他显然非常羡慕印度人在故事里讲的年轻人。

我前面说过，关于故事本身和听故事的人，有些事儿真琢磨不透。几个星期后一个炎热的下午，我见到莱蒂·维尔耶的时候，我对这一点尤其深信不疑。太阳照在她仰起的脸上，照在她金黄的秀发上。她坐那里，手压着去年夏天的干草，我不禁想：多么端庄的人儿，多么纤细的腰肢啊。

当然，因为莱蒂·维尔耶来的时候没骑佩戴橘黄装饰和黄金脚镯的大象，也因为她脖子上没戴红宝石，克里斯简知道，她并不是一位公主。

　　克里斯简一直不停地跟她说话，跟她讲井口公主的故事，却从未揣摩过莱蒂的心思，也从未琢磨过她为什么顶着大太阳来到水井边，我猜这才是真正的原因吧。